# Le chevalier Paris et la princesse Vienne

Design de couverture, conception graphique
et réalisation des pages intérieures : Cédric Ramadier
Image de couverture : D. R. / Cédric Ramadier
Édition : Anne-Sophie Dreyfus

Titre original : פאריז אונ' וויענה

*www.editionsdelantilope.fr*

Elia Levita

# Le chevalier Paris et la princesse Vienne

*roman de chevalerie*

Traduit du yiddish ancien par Arnaud Bikard

l'antilope

# PRÉFACE

## Le destin unique d'un chef-d'œuvre yiddish de la Renaissance italienne[1]

En 1986, Anna Maria Babbi, une chercheuse italienne, découvre un ouvrage écrit en caractères hébraïques dans la bibliothèque du séminaire épiscopal de Vérone. Elle étudiait alors la fortune européenne du *Paris et Vienne*, roman idyllique, ou sentimental, dont la première version connue se trouve dans un manuscrit français de la première moitié du XVe siècle. Cette œuvre en prose, probablement traduite du provençal, narre les tribulations de deux jeunes amants séparés par la naissance et par le conservatisme obtus de leurs aînés. Elle circula d'abord dans les milieux aristocratiques français, dans les cours angevine et bourguignonne notamment, avant de connaître une grande fortune européenne à la fin du Moyen Âge et au début de la Renaissance. On en connaît, outre la version yiddish, intitulée *Pariz un Vienè*, des versions anglaise, catalane, espagnole, flamande, latine, italienne, grecque et arménienne.

La découverte de cet ouvrage fut un petit événement pour quiconque s'intéressait à la littérature yiddish ancienne. En effet, on ne connaissait jusqu'alors que quelques exemplaires amputés d'environ un tiers du roman. Il était donc enfin

1 Pour de plus amples informations, je renvoie à mon ouvrage : Arnaud Bikard, *La Renaissance italienne dans les rues du Ghetto : l'œuvre poétique yiddish d'Elia Levita (1469-1549)*, Turnhout, Brepols, 2020. La traduction a été effectuée à partir de la première édition qui nous ait été conservée : *Pariz un Vienè*, Vérone, Francesco dalle Donne, 1594. On trouve une édition scientifique récente du texte français original : Pierre de La Cépède, *Paris et Vienne*, édition critique de Marie-Claude de Crécy et Rosalind Brown-Grant, Paris, Classiques Garnier, 2015.

possible de lire dans son entièreté une œuvre que les historiens de la littérature yiddish du début du XXe siècle (Max Weinreich, Max Erik, Israël Tsinberg) avaient jugée supérieure, par sa valeur littéraire, à tout ce qu'ils connaissaient d'autre.

À une époque où la littérature yiddish en Europe orientale passait de manière accélérée du romantisme au modernisme, ces historiens avaient permis à cette culture de se découvrir une ancienneté et une profondeur oubliées. Ils avaient montré que, à côté d'une importante production religieuse (traductions et commentaires bibliques, livres moraux, guides de conduite), les juifs ashkénazes avaient toujours composé dans la langue vernaculaire – le yiddish – des œuvres de divertissement, poèmes, contes, romans souvent sur des sujets juifs, mais également empruntés ou inspirés du monde chrétien : fables ésopiques ou médiévales, romans de chevalerie germaniques ou arthuriens.

**Un savant très recherché**

Elia Levita (1469-1549), nommé Elyahu Bahur en hébreu, était alors ressorti comme le héros le plus remarquable de cette histoire ancienne. Il appartenait à cette classe fascinante d'érudits juifs qui, à l'époque de l'humanisme, avait établi des rapports de proximité, voire d'amitié, avec les autorités intellectuelles du monde chrétien. Sa connaissance approfondie des grammaires hébraïque et araméenne, son esprit de rigueur, ses qualités pédagogiques, en avaient fait un interlocuteur très recherché. N'avait-il pas été invité par François Ier à Paris pour tenir une chaire au nouvellement fondé Collège royal (futur Collège de France) ? Lui qui était né près de Nuremberg avait vécu treize années dans le palais romain du cardinal Gilles de Viterbe, à proximité de la cour du pape Léon X et avait collaboré avec certains des plus grands imprimeurs de Venise et de l'Allemagne réformée.

**Avant *Pariz un Vienè***

À la fin du XIXe siècle, son œuvre littéraire yiddish était pratiquement oubliée, au point que le grand écrivain populaire Sholem-Aleikhem ne pouvait pas croire que la célèbre *Bove-mayse* (*Histoire de Bovo*) était de sa plume. Et pourtant, ce récit en prose, symbole de la littérature populaire, était bien une forme simplifiée et dégradée du roman de chevalerie *Bovo Dantona* qu'Elia Levita avait écrit en 1507 en adaptant un roman en vers italien. On trouve également de lui, dans des manuscrits, des épigrammes comiques, écrites sous forme de parodies de chants sacrés, et originellement destinées à être affichées sur les murs du ghetto de Venise. Il existe d'autres œuvres, dont au moins un roman, qui ne nous sont pas parvenues.

Dans les années 1920, les historiens redécouvraient donc une œuvre yiddish de la Renaissance, écrite dans une langue riche et souple, sur des modèles poétiques italiens, témoignage le plus brillant de la présence du yiddish dans la péninsule de la fin du Moyen Âge au début du XVIIe siècle. L'histoire merveilleuse du chevalier Bovo, qui fuit une mère infanticide, gagne le cœur de la belle Drusiana, s'associe avec un personnage mi-homme mi-chien, et reconquiert enfin son royaume, a su fasciner des générations de juifs ashkénazes (elle est même à l'origine de l'expression yiddish «*a bobe-mayse*» signifiant «une histoire à dormir debout»). Mais le travail poétique, en particulier l'adaptation innovante en yiddish de la strophe italienne typique du genre chevaleresque, l'octave (*ottava rima*), n'a pas survécu aux migrations et aux évolutions culturelles et linguistiques des juifs ashkénazes. Quand on se penche sur cette forme originelle, elle force l'admiration au point qu'un grand spécialiste de la métrique, Benjamin Harshav, y voit l'une des premières œuvres poétiques européennes employant l'iambe en raison de la rencontre du système poétique syllabique italien et du système tonique germanique.

### De l'original au poème yiddish

Le roman *Le Chevalier Paris et la Princesse Vienne*, comparé à celui de Bovo, a généralement été jugé plus mûr, plus fin, plus élaboré d'un point de vue formel et narratif, même de l'avis de ceux qui ne connaissaient l'œuvre que partiellement. Nul n'a jamais douté que les deux romans soient de la même plume tant l'élaboration libre et humoristique de la source italienne est semblable dans les deux cas. C'est alors que le prologue, enfin redécouvert en 1986, est venu jeter le trouble puisque le poète y affirme être un disciple d'Elia Levita. Malgré certains débats, l'hypothèse d'une mystification d'un auteur espiègle qui aimait à se cacher derrière des masques reste la plus probable.

Ce grand roman yiddish suit de près la version italienne du *Paris et Vienne* quant au déroulement de l'action et au contenu des dialogues. Mais il donne, à l'une comme aux autres, un relief totalement absent de la source, modifiant le style si radicalement que la narration semble transportée dans un autre univers. Le roman italien, comme l'original français, possède toutes les caractéristiques que le grand critique littéraire allemand Erich Auerbach avait analysées dans un texte contemporain : « Le mélange d'une langue pesamment pompeuse et d'une composition naïve donne l'impression d'un rythme traînant et majestueusement monotone qui ne manque pas d'une certaine magnificence. C'est un genre de style élevé ;

mais il est lié à une classe [l'élite féodale], non humaniste, non classique, et foncièrement médiévale[2]. »

Au regard de l'original en prose, le poème yiddish est caractérisé par une légèreté et une vivacité continues. Cela est dû bien sûr au passage d'une prose aux phrases longues et chargées de propositions subordonnées à des vers rythmés adoptant une rhétorique souple, héritée des meilleures œuvres italiennes du début du XVIe siècle, où oppositions et parallélismes expriment avec grâce les sentiments intenses des protagonistes. Cela est dû également au goût de l'auteur pour le détail concret, que celui-ci soit physique (les remèdes de bonne-femme au moment de l'accouchement de la Dauphine, l'éventail de Vienne quand elle se rend au bal) ou moral (le réalisme des dialogues où la fougue de la jeunesse est souvent accompagnée de candeur, où les malédictions du vieux Dauphin tombent parfois dans la grossièreté la plus crasse). Le poète yiddish fait aussi un usage virtuose des proverbes, souvent en fin de strophe, créant ainsi, dans sa langue populaire, des effets de surprise et de reconnaissance. C'est ici l'occasion de noter le caractère rabelaisien d'un texte qui n'hésite pas à passer du style le plus élevé à l'évocation des réalités corporelles les plus basses ou à celle d'une sexualité franche et joyeuse.

L'innovation la plus remarquable du poète yiddish est la division de son poème en dix chants, chacun introduit par un prologue. Ces digressions sont de véritables bijoux de poésie satirique. Elles établissent un lien direct entre le récit chevaleresque, récit d'évasion dont l'univers aristocratique est encore plus lointain du lecteur juif que du lecteur populaire chrétien, et la société ashkénaze d'Italie (et d'ailleurs) : les problèmes

---

2 Erich Auerbach, Mimesis, Paris, Gallimard, 1968, p. 250.

d'honneur et de rang du texte originel s'y trouvent interprétés de façon beaucoup plus concrète et bourgeoise en termes de richesses, d'entraide ou d'hospitalité. Le poète yiddish joue avec le goût de ses contemporains pour la littérature chevaleresque (goût confirmé par des listes de censure établies auprès des juifs de Mantoue en 1595) afin de tendre à ses lecteurs un miroir, de façon ludique et espiègle. Le monde qui en ressort n'est ni juif ni chrétien, il est les deux à la fois comme si ces distinctions n'avaient aucune importance (et pourtant Dieu sait qu'elles en avaient à l'âge de la création des ghettos !). Paris se confesse à un évêque mais il se marie sous un dais nuptial, conformément à la tradition juive, et donne à sa femme un anneau où sont gravés les mots « Mazel tov ». Dans ce monde, même les mamelouks du sultan peuvent passer leur bar-mitzva !

**Influence déterminante de l'Arioste**

Plus généralement, la voix poétique prend un relief remarquable. Le conteur plaisantin, qui se présente dès les premières strophes comme un amoureux transi selon une tradition datant des débuts de la poésie courtoise, ne cesse de faire entendre sa voix au cours de la narration, s'adressant directement à son public fictif, jouant de ses attentes, commentant les comportements des personnages, les critiquant ou défaillant d'émotion. Il souligne avec humour les coupes qu'il fait subir à sa source, comme dans le cas remarquable des rêves prémonitoires qui jouent un rôle important dans la tradition du *Paris et Vienne* et que l'auteur yiddish rejette avec nonchalance les assimilant à de simples problèmes de digestion. Ce rejet est d'autant plus remarquable que la tradition juive accorde en général du crédit aux rêves depuis l'épisode biblique de Joseph. Nous avons donc affaire à un narrateur libre et sceptique qui cultive volontiers l'art du contre-pied, au point de déclarer tout à la fin de l'œuvre, lui l'amoureux déçu, sa joie d'être célibataire (le surnom hébraïque d'Elia Levita, Bahur, signifie célibataire, et il pourrait bien s'agir là d'une discrète signature).

Il est temps d'évoquer le grand modèle qui a guidé la composition du poème yiddish, dont l'influence n'est jamais dite et qui pourtant se fait sentir à chaque strophe : le *Roland furieux* de l'Arioste. Ce chef-d'œuvre de la littérature italienne, écrit entre 1505 et 1532, est un roman en vers kaléidoscopique mêlant civilité courtisane, vision humaniste, réalisme des nouvelles et merveilleux du roman arthurien. Il est immédiatement devenu populaire dans toutes les classes de la société italienne. Quelques décennies plus tard, selon le témoignage de Montaigne, des villageois étaient capables d'en réciter par cœur des chants entiers. Il s'agit là de l'œuvre italienne la plus représentée dans les listes de livres de leurs bibliothèques que la censure ecclésiastique a demandé, en 1595, à tous les juifs du ghetto de Mantoue, de lui fournir. Des strophes entières du poème ariostéen ont été traduites en yiddish et intégrées au roman *Le Chevalier Paris et la Princesse Vienne* (ce qui permet de dater sa composition après 1532). Les solutions poétiques et rhétoriques, la personnalité du narrateur, sa misogynie plus ironique qu'idéologique doivent énormément à l'Arioste.

Mais alors que le public chrétien se délectait de l'aspect cyclique des aventures chevaleresques, qualité que l'Arioste a développée à un niveau vertigineux, les juifs semblent s'être davantage attachés à des romans individuels dont la narration était unifiée et close. En choisissant sa source, Elia Levita s'est sans doute laissé séduire par l'aspect réaliste de ce récit, dont le surnaturel est totalement absent, par l'élaboration psychologique des personnages, par l'importance accordée ici à la critique des mariages arrangés, thème qui lui était cher. Ce récit permettait également une judaïsation plus profonde que la simple évocation de rites ou de coutumes : la souffrance de Vienne, qui dans la source italienne prend une tonalité martyrologique, s'exprime dans le roman juif en des termes typiques des lamentations concernant l'exil du peuple juif et son attente de la rédemption.

En proposant au lecteur français cette traduction du roman yiddish, nous espérons lui offrir un peu de ce que les lecteurs ashkénazes des ghettos de la Renaissance ont dû trouver dans cette œuvre : la découverte d'un récit exotique et fascinant par ses protagonistes nobles et supérieurs, ses péripéties dramatiques, son traitement idéalisé de l'amour, ses voyages lointains, ses terribles enfermements, et celle d'un récit qui est aussi étrangement familier par son goût du détail concret, ses satires vivantes, la connivence créée par l'humour, l'aspect profondément humain d'une vision du monde faisant fi des différences de classe et de religion.

Arnaud Bikard

# Prologue

Nul homme ne vivrait et nul ne changerait,
Nul bœuf également, nul aigle ni nul lion,
Nulle feuille sur l'arbre au vent ne tremblerait,
Rien n'aurait de début, ni rien de conclusion,
Si Dieu n'était présent afin de l'orchestrer,
Si n'était le saint Nom, et sa bénédiction,
Dans sa grande sagesse il créa, du néant,
Et rien contre son Nom n'apparaîtrait céans.

C'est pourquoi je le prie et lui lance un appel,
Pour qu'il m'accorde ici, dans sa mansuétude,
De mener à sa fin cette chanson nouvelle,
Comme je l'ai conçue dans ma sollicitude,
Et pour qu'à mon travail il offre sa tutelle,
Comme à l'homme chanté sous toute latitude.
Que mon petit ouvrage autant que les siens rime.
Et qu'avec autant d'art, je le forge et le lime.

Le départ de cet homme a assombri mon cœur
Comme s'il s'agissait d'un père ou d'un beau-père.
Depuis qu'il a quitté le lieu où je demeure,
J'ai versé de son fait bien des larmes amères
Son nom ne lui fait pas le moindre déshonneur,
Je pense au vieux rabbin Eliahu Bokher.
Sa gloire est sans limite et ne saurait mourir
Les livres qu'il a faits ont su la lui fournir.

Il a fait imprimer dans la langue sacrée
Jusques aujourd'hui sept, peut-être huit ouvrages
Le bienfait est de taille, aussi nul ne saurait
Diminuer l'honneur qui gratifia son âge.
Depuis que le grand homme a quitté nos contrées,
Nous voici des poussins sans poule et sans plumage,
Bien que beaucoup de gens estiment sa lecture
Autant que les cochons, perles ou confiture.

Mais je crains tout d'un coup de n'être trop disert,
Et pose de côté son œuvre en langue sainte,
Pour parler maintenant de la langue vulgaire.
Je n'en reviens pas moins à l'homme et à mes plaintes :
Qui saura composer pour Pourim des lieder ?
Qui des chants de mariée, qui des pièces succinctes ?
Qui fera en rimant des livres destinés
À vous faire passer en riant vos journées ?

Ce service, avant lui, nul ne nous l'a rendu
Il est, par son talent, resté seul et unique
Pourtant, j'ai bien connu plus d'un individu
Qui ont osé pousser l'imposture impudique,
Et des années durant de façon assidue,
Jusqu'à copier son livre à la lettre identique
Et ils n'ont pas cillé, éhontés de nature,
Avant d'y apposer leurs propres signatures.

C'est ainsi que ces gens aimeraient faire accroire
Qu'ils sont de tout cela, les justes inventeurs,
Mais à travers son style, à travers ses pouvoirs,
Se laisse reconnaître un véritable auteur !
Mon livre devait-il rencontrer ces déboires
Que je l'accepterais, ma foi, et sans rancœur,
Aussi bien n'ai-je en vue, ni de tromper les gens,
Ni d'acquérir par lui de gloire ni d'argent.

C'est pourquoi, en ce point, le livre nous raconte
Qu'il s'abstient, tout du long, de nommer son auteur,
On me reconnaîtra, et je m'en rends bien compte,
S'il venait à tomber aux mains d'un amateur.
Mais sous mon propre nom, je ne dirais ma honte,
Car il faut confesser mon vice et mon erreur
Ce livre, je l'écris pour l'amour d'une femme,
Dont toute la personne est gravée dans mon âme.

Or elle est aujourd'hui très éloignée de moi,
C'est pourquoi, je l'espère, il volera vers elle
Et il lui prouvera, au bout de quelques mois,
Que je lui voue toujours maintes pensées nouvelles
Peut-être pourra-t-il, sous l'effet de l'émoi,
Retirer de son cœur la dureté cruelle
Pour qu'elle accepte enfin de réjouir mes désirs,
Ainsi que les amants dont je vais vous instruire.

Lorsque je me souviens de l'âpreté du sort,
Je ne peux m'empêcher, hélas, de hoqueter.
Il y a un aveu que je dois faire encore
Pour qu'on ne me reproche aucune fausseté,
Je vous le dis, ce livre, et fruit de mes efforts,
Beaucoup l'ont lu, et le verront sans hésiter :
Il existe déjà dans la langue chrétienne,
Il s'y appelle, ainsi qu'ici : « Paris et Vienne ».

Mais celui qui a fait cette œuvre en italien
N'a orné son travail ni de vers, ni de rimes.
Moi, je me sens la force de soigner le mien
Pour qu'il rime en tout coin, jusqu'à la ligne ultime.
Et si je me fatigue, en route, sachez bien
Que je me laisserai un moment légitime
Pour guérir ma fatigue, aussitôt, sur-le-champ :
Ainsi j'ai divisé mon ouvrage en dix chants.

S'il m'advient d'entamer du livre une section,
Et puis de divaguer hors du sentier tracé,
Lectrices et lecteurs, point de stupéfaction,
Lisez sans vous montrer trop décontenancés !
Je reviendrai bientôt au sujet de l'action,
Je ne peux vous laisser ainsi embarrassés.
Ceux qui, en vérité, prêteront attention
Ne riront pas, je crois, de telles digressions.

J'en arrive à la fin au sujet véritable
Et ne peux plus longtemps rester à papoter.
C'est vrai, je vous retiens un temps déraisonnable,
Et j'entends dans vos rangs des éclats débuter.
Voici, me semble-t-il, vos paroles aimables :
« Il débite pour trois ! Quand va-t-il s'arrêter ? »
Aussi, je laisse là mes mots intempestifs,
Écoutez, je vous prie, et soyez attentifs.

*Le prologue s'achève donc ici*
*Que Dieu fasse venir notre Messie*
*Et vite nous libère du souci*
*Nous dirons tous Amen à ces vœux-ci.*

# Voilà, je commence mon récit,
# écoutez-moi grands et petits.

Il était une fois un roi plein de richesses,
Ainsi s'ouvrent toujours les contes des commères,
Qui n'avait de pareil dans sa noble sagesse :
Son pays était grand et extraordinaire.
Ce roi coulait des jours tout emplis d'allégresse.
Il jouissait de l'amour et d'une paix entière.
Sa belle capitale était appelée Vienne,
Pour en faire le tour, un mois suffit à peine.

Le roi possède aussi une noble épousée,
Qu'il a par affection attachée à ses ans.
La femme dont je fais le portrait tant prisé,
N'offre pas de défaut aux dires médisants,
Si ce n'est que son sein a longtemps refusé
D'offrir à son mari le plus cher des présents.
Le roi en croit mourir enfin de désespoir,
N'ayant pas, à sa mort, d'héritier du pouvoir.

Et c'est pourquoi le roi, soutenu par la reine,
S'efforçait de jeûner tous les jours de l'année,
Avec un zèle franc qu'égalait bien la peine
De ne pouvoir fêter la joie d'un nouveau-né ;
Ils exposaient à Dieu leur plaintive rengaine,
Le priant d'adoucir leur triste destinée.
Et ils le suppliaient, dans sa grâce exemplaire,
D'accorder un enfant à leurs justes prières.

Dans sa miséricorde et sa toute-puissance,
Dieu jamais n'abandonne un homme ou une femme
Qui porte à son égard une pleine confiance,
Et se tourne vers lui, avec pureté d'âme,
Pas celui dont le cœur est plein d'indifférence,
Et dont les yeux trompeurs versent des pleurs de drame.
Nos héros le priaient du tréfonds de leur cœur,
Et Dieu offrit sa grâce à leur grande douleur.

La grâce tant voulue leur fut ainsi donnée.
En très peu de journées, après ces longues craintes.
La peine fut bientôt en bonheur retournée
Lorsque sa majesté se découvrit enceinte.
Ils eurent une joie tellement effrénée
Que je ne peux ici la présenter dépeinte.
Jamais Dieu tout-puissant ne quittait leurs pensées
Ils n'avaient qu'un souci : le bénir, l'encenser.

Pourtant elle vécut une dure grossesse
Ne pouvant consommer, ni pigeons, ni poulets,
Aucun aliment sain n'agréait son altesse
Prunes et raisins surs, eux seuls, la régalaient.
La nuit comme le jour, ses cris n'avaient de cesse,
Exigeant hors saison des primeurs sans délai,
Elle offrait pour cela de belles récompenses
Et neuf mois, sans répit, passèrent dans ces transes.

Et voici que, pour elle, était venu le temps,
De mettre à la lumière le fruit de ses entrailles,
De femmes une foule à son chevet attend
Le dénouement heureux de son noble travail.
La reine crie si fort que très loin on l'entend
« Aïe, mon pauvre corps, mes pauvres membres, aïe ! »
On peine à concevoir ce qu'elle eut à souffrir,
Mais l'enfant obstiné ne voulait pas sortir.

La reine était veillée par des femmes sans nombre
Qui voulaient l'assister, chacune de sa science.
L'une crie qu'il lui faut des graines de concombre,
L'autre qu'un oignon blanc est sa dernière chance.
On veut un soulier gauche, une botte en cuir sombre,
On fourre dans un œuf trois puces sans défense,
L'une écrit au nombril, l'autre rime à l'oreille,
D'autres voulaient fourrer leur bec dans l'appareil.

La reine en attendant souffrait mille souffrances,
Elle ne connaissait ni repos ni répit
Et priait ainsi : « Dieu, hâtez ma délivrance,
Et j'en fais le serment, sur mon corps, sans dépit,
Je ne quitterai plus, de ma vie, l'abstinence.
Je n'ai plus que ce choix pour éviter le pis.
Ainsi, à mon mari, je ne veux plus m'unir. »
Elle fit ce serment que la coutume inspire.

Sitôt la reine eut-elle à Dieu fait cet appel
Qu'elle fut à la fin libérée de l'enfant,
Une grande, une grasse, et belle demoiselle
Qui connut dans le monde un début triomphant.
La joie se répandit au gré de la nouvelle
Et conquit le château en allant s'étoffant.
Ceux qui n'en savaient rien, les pauvres, s'effrayèrent
Quand de cloche et canon vint un bruit de tonnerre.

On tint en grande estime un enfant si précieux
Et le confia aux soins d'une femme bien née
Qui ne quittait jamais sa protégée des yeux
L'éduquant de façon toujours attentionnée.
Plus l'enfant grandissait et devenait gracieux
Plus elle lui vouait un amour passionné.
Cette jeune nourrice avait nom Isabelle
Et jamais, jour et nuit, ne se séparait d'elle.

La petite, elle aussi, adorait sa nourrice,
Elle la chérissait bien plus que tout au monde.
Les jeux qu'elles jouaient faisaient tant ses délices
Que celle-ci n'osait partir une seconde.
Les deux amies enfin se montraient si complices
Qu'on eût dit dans leur nid, deux hirondelles blondes.
L'une à l'autre accordait l'estime et les ferveurs
Que s'accordent souvent deux véritables sœurs.

Ainsi l'enfant apprit en un temps peu commun
À manier prestement l'aiguille et le fuseau.
Elle pouvait copier avec ses blanches mains
Les plus rares patrons en trois coups de ciseaux
Et quand elle y avait mis la dernière main
Toutes deux pépiaient comme font les oiseaux.
Les amies savaient bien comment se divertir,
Elles apprirent même à écrire et à lire.

Isabelle enseigna tous les arts excellents
Dont la fille d'un roi doit pouvoir s'honorer.
Et ne laissa en friche aucun des beaux talents
Dont la nature avait voulu la voir parée.
Elle lui montra tout, l'enfant n'était pas lent,
Sans qu'on dût répéter, elle allait de bon gré.
Jamais la jeune fille ne versa de sueur :
Son élève bientôt connaissait tout par cœur.

De surcroît la princesse était blanche et bien faite
Si bien qu'ayant compté treize années révolues
Elle était du pays, la plus chère conquête.
Le bruit de sa beauté courait de plus en plus.
Les cœurs se faisaient glace, ou bien flammes muettes,
Et beaucoup languissaient de ne lui avoir plu.
Tous voulaient se marier avec la belle Vienne
Puisqu'ainsi se nommait la jeune patricienne.

Beaucoup de fils de ducs, beaucoup de fils de rois,
Seraient morts en son nom dans la même seconde,
Ils s'exposaient nombreux aux dangers et aux froids
Venant pour la servir depuis le bout du monde.
Cependant, sur son cœur, leur succès fut étroit
Et rien n'y suffisait, ni valeur, ni faconde.
Aucun d'eux ne reçut le plus petit regard,
Vienne pour les passions n'avait aucun égard.

Dans la ville habitait alors un preux seigneur
Comte par sa lignée, nommé sire Jakom,
Le roi l'aimait beaucoup, lui montrant des faveurs
Au milieu d'une cour pourtant riche en grands hommes.
La présence du comte était chère à son cœur
Et de tous ses bienfaits, il appréciait la somme.
Il n'avait près de lui de vassal plus glorieux
Ayant richesses, biens et châteaux en maints lieux.

Le roi, et tous les siens, pour chaque action qu'ils fissent
Ne négligeaient jamais de l'y associer.
Près du roi, jour et nuit, il était en service.
Comme doigts de la main, tous deux étaient liés.
Or ce seigneur avait pour unique et seul fils
Un jeune homme accompli, au port fier et altier.
Son corps était de charme et de force paré.
On ne vit jamais rien qu'on lui pût comparer.

Ce jeune chevalier était nommé Paris,
Il était à peu près dans sa seizième année
Et montrait d'un géant la puissance aguerrie,
Sans trop vouloir user de ses forces innées.
De sa noble nature on pouvait voir le prix
Tant l'enfant à l'étude avait su s'adonner :
Il maîtrisa très tôt lecture et écriture,
Sa tête était semée de ces riches cultures.

Il savait avec art faire sonner les cordes
Et dans une série de nobles exercices,
La danse par exemple, où les gestes s'accordent,
Il révélait un cœur enthousiaste et propice.
Du solfège il avait de loin passé l'exorde,
Apprenant à chanter les airs à son caprice.
Il n'existait aucun beau divertissement
Qu'il ne maîtrisât pas presque parfaitement.

Il passait de surcroît bon nombre de ses jours
En compagnie des chiens et des faucons de chasse.
Dès qu'il avait eu vent d'une battue de cour
Il ne manquait jamais d'y aller prendre place
Et au cœur des vallons, des forêts alentours,
Il aimait explorer, attentif et tenace.
Ses chiens et ses chevaux s'élançaient sans arrêt,
Et bien peu de gibier échappait à ses rets.

Il était par ailleurs d'un courage exemplaire
Lors de tous les combats, en toute circonstance,
S'opposer à trois hommes ne l'impressionnait guère,
Que dis-je ? Contre six, il prouvait sa vaillance !
Venait un chevalier – qui que soit le compère,
Il devait contre lui toujours briser sa lance.
La victoire était sienne avec un tel honneur
Que chacun la voyait avec vive stupeur.

Des comtes très nombreux l'avaient en grande estime
Et se réjouissaient fort de sa société,
Beaucoup voulaient l'avoir pour leur ami intime,
Tant ils appréciaient ses nobles qualités.
Cependant le jeune homme, à ce groupe sublime,
De comtes, de seigneurs de haute dignité,
Avait préféré seul un noble chevalier,
Partageant avec lui ses travaux journaliers.

Il lui était lié d'une amitié sincère
Nul autre ne pouvait à celle-ci prétendre,
En raison des nombreux voyages que naguère
Les compagnons avaient coutume d'entreprendre.
Ainsi, je me souviens que tous deux arrivèrent
Au cours d'une excursion jusqu'au pays de Flandre.
Leur lien était semblable à la fraternité.
L'un pour l'autre aurait pu mourir sans hésiter.

Cet excellent ami, compagnon adoré,
Répondait donc enfin au nom d'Odoardo.
Paris ne le quittait jamais de son plein gré,
Sa société étant le plus beau des cadeaux.
Or une jeune fille avait su s'emparer
Du cœur d'Odoardo, et sous ce doux fardeau,
Soir et matin, son souvenir l'accompagnait,
Car, vivant au Brabant, elle était éloignée.

Paris, le noble comte, était de son côté
Fort peu intéressé par les choses galantes.
Toutes ses passions étaient orientées
Vers les tournois, l'escrime et les luttes vaillantes.
Chasse et équitation savaient le contenter
Et quelques chevauchées, en guise de détente.
Il était constamment premier dans la mêlée
Son père était comblé d'un fils aussi zélé.

## CHANT I

Ce père aimait son fils avec une fureur
Que l'on observe peu chez un père ordinaire.
S'il allait à cheval chez le roi, son seigneur –
Ses visites étaient nombreuses, régulières
Dans le palais royal, sur les tours en hauteur –
Il n'y allait jamais sans son enfant si cher.
Lorsque venait l'instant de voir ce fils amène,
Il se sentait heureux comme au jardin d'Éden.

Le jeune homme, de plus, fit merveille à la cour :
On jugea tous ses actes empreints de vraie noblesse.
Lors de la moindre épreuve et à tous les concours,
Il finissait vainqueur avec grande prouesse.
Pourtant le sort joua un charmant mauvais tour
À l'excellent Paris, en sa grande jeunesse :
Il voyait souvent Vienne auprès du roi son père.
Et son cœur s'échauffa d'une intense manière.

Dès lors il se surprit à monter auprès d'elle
Quatre fois : il n'aurait pas fait cela jadis.
Alors il l'observait, l'épiait à tire-d'aile.
Mais jamais en cela il n'était trop hardi,
De façon que personne, et pas même sa belle,
Ne pût apercevoir ses gestes inédits.
Ô il l'aimait, tout en conjurant son sang-froid :
« Je suis le fils d'un comte, elle est fille de roi.

Comment ai-je donc pu concevoir cet espoir ?
À telle femme enfin, comment me comparer ?
Après elle je cours mais n'ai pas le pouvoir
D'atteindre mon souhait et jamais ne l'aurai.
Suis-je enfant ou bien homme ? Il est temps de savoir.
Car comment puis-je ainsi moi-même me leurrer ? »
Il se soumit cent fois à ce même discours,
Mais Vienne, dans son cœur, le tourmentait toujours.

Au plus profond du cœur, la belle était entrée,
Et Paris n'y trouvait pas le moindre secours.
Si, encore longtemps, rien ne l'en libérait,
Il aurait pu, ma foi, en mourir un beau jour.
Aussi, après avoir longtemps délibéré,
Aux soins d'Odoardo, il confia son amour.
En ce point je vous laisse un moment patienter.
Vous suffise, en ce chant, tout ce que j'ai chanté !

***Je vous en prie, montrez-vous contents,***
***Car le premier chant ne dure pas plus longtemps !***

## Que Dieu me donne force et talent, pour composer le deuxième chant !

Les bonnes, braves gens ont coutume de dire :
Les proches sont présents aux heures de misère.
C'est sûr ! Si l'on pouvait seulement découvrir
L'un d'eux qui, d'un conseil, aidât le pauvre hère.
Une meute de chiens, ma foi, n'est guère pire,
Le tuerait-on, je crois qu'ils laisseraient tout faire.
Il n'y a plus ni parenté ni bons accords,
Dès lors qu'il est question de quelques pièces d'or.

C'est ainsi que parfois et même très souvent,
Il vaut mieux se tourner vers un ami fidèle,
Plutôt que d'adresser ses prières aux vents,
En mendiant des parents une aide exceptionnelle.
Car un bon compagnon, en veillant, en rêvant,
Quand la nuit s'assombrit, quand le jour étincelle,
Fait ressentir le prix de sa société,
Bien qu'un réel ami soit une rareté.

Considérez Paris, le noble chevalier,
Il se serait ainsi rapidement flétri,
S'il n'avait demandé un conseil familier,
À son bon compagnon, lequel le lui offrit.
Si ce poids à son cœur était resté lié
Je n'ai guère de doutes : il en eût dépéri.
Mais il se décida à conter son histoire,
Ce lui fut profitable autant que méritoire.

« Odoardo, dit-il, mon tendre et brave frère !
Tu es mon cher ami, je n'en ai de meilleur
C'est pourquoi, à toi seul, j'ai un aveu à faire,
Sache-le, il se faut de peu que je n'en meure.
Sois bon et secours-moi d'une opinion sincère,
Ne t'y refuse pas, je t'en prie de tout cœur,
Je connais bien ma faute et son énormité,
Pourtant, je t'en préviens, je ne la peux quitter.

Aussi ne cherche pas à m'en faire sortir,
De crainte d'ajouter à mes profondes peines. »
Il s'exclama « Ah! Vienne ! », et poussa un soupir :
« Ah ! Mon cœur a connu une ruine soudaine !
Je sais qu'il me faudra en poussière partir,
Jusque-là, je serai l'esclave de ma reine,
Mais je veux lui cacher mon fidèle esclavage,
Je n'ai pas mérité si noble vasselage.

Je veux donc la servir au nom de cet amour
Pourtant, j'insiste bien, s'il te plaît, souviens-t'en
Je veux me cacher d'elle, et cela pour toujours,
Aide-moi dans ce but, c'est tout ce que j'attends. »
Odoardo, sans réfléchir, dit à son tour :
« Mon bras, mon corps, ma vie, sont à toi à l'instant,
Je te suis dévoué, à jamais, sois-en sûr
À la course, au repos, à cheval, en voiture. »

« Je n'aurais pu bien sûr supposer, dit Paris,
Que ton cher caractère serait autre qu'il n'est. »
Odoardo avait richesse et biens de prix,
Aux caprices des siens il aimait s'adonner.
Deux égaux s'associent, dit-on avec esprit,
Qui se ressemble à s'assembler est destiné.
Le don de la musique était aussi le sien.
Il n'y avait alors de meilleur musicien.

Aussi les compagnons avaient-ils résolu
D'aller jouer ensemble un morceau de musique,
Était-ce sur un orgue, une harpe ou un luth ?
Je ne peux préciser la version authentique.
Paris et l'ami cher, aimé de plus en plus,
Une heure avant que pointe un soleil impudique,
Allèrent tous les deux, de pied en cap armés,
Se poster sous la chambre où la belle dormait.

Et ils jouaient tous deux avec tant de douceur
Qu'ils en auraient guéri un malade incurable.
Souvent ils prodiguaient à Vienne cet honneur,
Et leur présence était à ses yeux agréable.
Mais elle ne pouvait, pour son propre malheur,
Apprendre qui étaient ces joueurs admirables.
Le roi aimait aussi ces délicieux concerts
Et voulait tout autant résoudre ce mystère.

Cette musique était à son goût si plaisante,
Que jamais il n'avait entendu son égale.
On avait beau jouer de manière excellente
Cela valait pour lui moins qu'un sou de métal.
« J'ordonne, pria-t-il l'escorte diligente,
Que de danses, d'un bal, on m'offre le régal,
Qu'on y fasse venir les meilleurs musiciens ! »
Il pensait, par leur jeu, reconnaître les siens.

Et tous les musiciens, aussitôt appelés,
Se saisirent alors de leurs bons instruments.
Orgues et violons venaient s'accumuler,
Lyres, vielles venaient tout aussi prestement,
Les clavecins, les luths, les harpes effilées,
Saqueboutes, tambours, et les pipeaux charmants,
Tous les joueurs de cors aussi furent ingambes,
Quelqu'un apporta même une viole de gambe.

Ces braves gens jouaient aussi bien qu'ils pouvaient
Et le roi les payait sans se montrer mesquin.
À l'aune du plaisir pourtant qu'il éprouvait,
Aucun de ces joueurs ne valait un sequin.
Expédiant chacun d'eux – tous lui semblaient mauvais –
Il savait qu'en ce lieu ne se trouvait aucun
Des hommes qui la nuit jouaient la sérénade,
Et demeura très triste après cette parade.

Mais le roi prit la chose encore plus à cœur
Lorsqu'il eut remarqué que sa Vienne si chère,
Avait entièrement perdu sa bonne humeur
Tant elle languissait d'éclaircir le mystère.
« Ma foi, cela suffit, dit-il avec rancœur,
Il me faut à la fin connaître ces compères ! »
Il ordonna qu'on menât Vienne en promenade.
Pour chasser les soucis qui la rendaient malade.

Tous les jours il donnait pour sa fille des bals,
Et l'emmenait encore ou chasser ou pêcher.
Souvent, sur ses conseils, elle allait à cheval
Et souvent elle allait en calèche harnachée.
Mais toute distraction lui était bien égale,
Ne pouvant oublier l'objet qui la fâchait.
Rien ne contribuait à alléger son cœur
Sinon l'art et les chants des mystérieux joueurs.

Bien que la jeune fille eût encore en ce temps
Tout à fait ignoré les choses de l'amour
Elle aimait de tout cœur ces concerts envoûtants.
Elle y songeait, nuit après nuit, jour après jour.
Ses pensées la menaient au résultat constant,
Que seule la passion use de tels détours,
Que celle-ci guidait ces musiciens la nuit
Et que savoir leur nom la sortirait d'ennui.

À sa jeune nourrice, elle disait souvent :
« Un aveugle, je crois, aurait déjà saisi
Que c'est pour moi que jouent les cordes et les vents,
Toutes les nuits sans faute à cette heure choisie. »
« Attends ! Attends ! lui dit son père en s'émouvant,
Je veux m'emparer d'eux sans plus de courtoisie. »
Alors il ordonna à dix preux chevaliers :
« Soyez tous prêts, veillez, surveillez les paliers,

Montrez-vous attentifs, gardez les yeux ouverts,
Sachez tout observer et tout me rapporter !
Lorsque minuit viendra, mettez-vous à couvert
Vous entendrez alors et jouer et chanter.
Dès qu'ils auront fini, voici ce qu'il faut faire :
Sautez, tels des héros, au cou des effrontés
Et même s'ils étaient des diables ou des esprits,
Menez-les devant moi, je le veux à tout prix ! »

Les vassaux dirent donc : « À vos ordres, seigneur ! »
Ils allèrent quérir leur meilleur armement,
Et quand finalement était arrivée l'heure
Où le palais entier sommeillait fermement,
Ils coururent dehors avec fougue et vigueur,
Pour se dissimuler dans les renfoncements,
Ils attendaient enfin les musiciens zélés,
Dans le froid et craignaient d'y demeurer gelés.

À l'instant qui était défini par l'usage
Vinrent les compagnons avec un serviteur
Qui suivait les seigneurs avec leur équipage,
Et les premiers accords résonnèrent sur l'heure.
Le concert qu'à la belle ils donnaient en hommage,
Pour le chant, pour le jeu, jamais ne fut meilleur.
Mais à peine avaient-ils posé leurs instruments,
Qu'ils furent par les dix encerclés brusquement !

Faisant mine de n'être en rien leurs ennemis,
Ceux-ci les saluaient avec aménité,
Et les deux musiciens répondaient en amis,
Poursuivant leur chemin sans vouloir s'arrêter.
« Frères, leur lança-t-on, il faut sans compromis,
Que vous veniez ce soir au roi vous présenter. »
« Ne nous pressez donc pas, dit Paris pris de peur,
Je vous répondrai mieux dans un petit quart d'heure. »

Il prit Odoardo un moment à l'écart,
Désirant réfléchir à la situation.
Les soldats accordaient aux joueurs ces égards,
Car ils ne pouvaient fuir dans cette position.
Et Paris s'exprima en peu de mots, sans fard :
« Quelqu'un est au courant de nos expéditions,
Si nous ne sortons pas de ces difficultés,
C'est tout notre secret qui se voit éventé.

Nous voici engagés dans une triste passe
Et les événements nous ont bien débordés.
Pour fuir nos seuls pouvoirs doivent être efficaces
Et sans attendre plus, il faut nous décider.
Même notre écuyer nous est une menace :
Nous devons près de nous à tout prix le garder
Car tout serait perdu s'il restait en arrière,
Aussi ayons sur lui, tous deux, les yeux ouverts.

Pour mon compte je n'ai qu'une seule inquiétude :
C'est qu'à cause de moi tu risques en ce jour
De subir à la fois blessure et turpitude.
Sans cela, peu me chaut le risque que je cours,
Je leur opposerais une fière attitude ;
Épée et bouclier nous porteraient secours !
Ils ne m'auront pas fait sain et sauf prisonnier,
Je serai libre, ou mort porté jusqu'à ses pieds ! »

Odoardo lança tout de suite à Paris :
« Prends soin que l'écuyer ne nous échappe pas,
Et si tu as pour moi des craintes, j'en souris,
Car jamais je n'ai fait envers toi de faux pas :
C'est que ton heure ultime est l'heure où je péris,
Et l'on m'enterrera au lieu de ton trépas.
Nous lutterons tous deux, quel que soit notre sort,
Et serons séparés seulement par la mort ! »

Paris comprit le sens de ses mots promptement,
Appréciant de tout cœur sa bonne volonté.
Il dit à l'écuyer : « Attends là sagement ! »
Puis s'approcha des gens venus les arrêter.
Il s'adressa à eux d'abord aimablement :
« Ne nous empêchez pas d'aller en liberté,
En tout bien tout honneur venus à cette porte,
Laissez-nous repartir où le désir nous porte.

Nous servons tous les deux le roi, sa majesté,
En son nom nous pourrions nous jeter dans les flammes,
Pour son bien, son honneur, son secours, sa gaieté,
Pour tout ce qu'à vos yeux son service réclame.
Pourtant ce nous serait une contrariété
Qu'on sache notre nom, que demain on le clame. »
Il leur dit tout cela et des choses semblables
Et reprit son chemin sans avis favorable.

Les soldats comprenaient quel tour ils concoctaient.
Ils pressèrent alors soudain les jeunes gens :
« Venez donc, dirent-ils, sans plus parlementer
Et n'ayez pas l'espoir de fuir en transigeant ! »
Mais en deux temps trois mouvements, des deux côtés,
Ils tirèrent l'épée d'un geste diligent.
On ne dit plus un mot, assez de discussions,
Ce fut l'heure des coups, éclats et percussions.

J'aurais certes voulu qu'il ne fît pas nuit noire
Pour que nous puissions voir l'acte extraordinaire.
Nous aurions observé les amis sans le croire,
Se démener à deux contre dix adversaires.
Ces derniers n'eurent pas même une ombre d'espoir,
Et en quelques instants fut réglée leur affaire :
La place fut bientôt aux mains des agressés
Qui laissaient derrière eux quatre morts, six blessés.

Ainsi les deux amis vinrent à la maison,
Conservant leur histoire entièrement secrète.
Et ce furent des cris, des plaintes à foison,
Quand le matin suivant dévoila leur conquête.
Le roi fut furibond de cette trahison.
Et cela d'autant plus que dans cette défaite
Avaient été tués tant de bons serviteurs.
Il s'en sentait empli de colère et d'aigreur.

En toute urgence il fit venir à son palais
Vingt-cinq puissants soldats dans leurs cottes de maille
Chacun d'eux eût vaincu un bataillon complet
Des sapins les plus hauts ils dépassaient la taille.
Il s'adressa à eux : « Tout ce que vous voulez
Peut être déployé pour ne plus qu'ils s'en aillent.
Menez-les-moi vivants ou bien morts, peu importe.
Je veux que sous mes yeux au plus vite on les porte ! »

Alors les chevaliers harnachés jusqu'aux dents
Passèrent bien des nuits en faction à attendre.
Mais les deux compagnons étaient assez prudents,
C'est en vain qu'on tendit ce filet pour les prendre.
Et s'ils s'étaient alors précipités dedans,
On pourrait les nommer idiots sans se méprendre :
Car selon le proverbe il n'est point de poisson
Assez niais pour toucher deux fois à l'hameçon.

Ni la nuit, ni le jour, ils n'osaient approcher,
Ils craignaient en effet quelque nouveau dommage.
Paris, depuis ce jour, se sentit fort fâché
Dès lors qu'il devait fuir du palais les parages.
Par ce nouveau malheur, il était si touché,
Qu'on ne le voyait plus dans le moindre entourage.
Ses douleurs s'accroissaient enfin de jour en jour.
Il cessa de chasser au faucon et à courre.

Ce fut aussi la fin des tournois et des joutes,
On ne le voyait plus au combat s'exercer.
Toutes les joies d'antan étaient soudain dissoutes :
Pêcher et oiseler, chevaucher et chasser.
On le surprenait même errant sur la grand-route,
Comme un homme qui vient de se faire agresser.
Plus jamais de bon cœur on ne le voyait rire,
Personne ne pouvait soulager ses soupirs.

Il y avait alors dans la ville de Vienne
Un vieil évêque au front marqué de profonds creux.
Nul ne fut plus honnête, et de mémoire ancienne,
On le considérait comme un saint bienheureux.
Il recevait beaucoup de confessions chrétiennes,
De jeunes et de vieux, riches et miséreux.
Même les étrangers venaient le consulter
Et le roi en personne aimait le fréquenter.

Paris avait porté à cet homme admirable
Une affection qui ne cessait de s'affermir.
Il lui était lié d'amitié véritable.
Le vieillard ne pouvait pas longtemps s'abstenir
De boire et de manger avant que l'honorable
Jeune homme ne s'en vint chez lui s'entretenir.
Chaque jour augmentait leur douce intimité,
Le vieil homme appréciait sa noblesse exaltée.

Paris passait chez lui de son temps le plus clair.
Il aimait le vieillard plus que son existence.
Et, voyant que le sort lui demeurait contraire,
Venait tuer le temps près de son éminence.
De Vienne il ne dit mot, il préférait se taire,
Et garder son amour secret en sa présence.
Mais il venait souvent décharger son fardeau,
Auprès de son ami, auprès d'Odoardo.

Je veux laisser Paris patienter un moment
Et de Vienne à présent je m'en vais vous chanter,
Des cris qu'elle poussait et des gémissements
Pour n'avoir découvert les joueurs entêtés.
Elle en était touchée si excessivement
Que son cœur se sentait de flammes dévasté.
La musique y avait allumé l'incendie,
Et son profond amour ne peut pas être dit.

Elle voyait bien sûr que les quatre victimes
Avaient été tuées au nom de ses souffrances.
Et qu'on ne jouât plus de musique sublime,
Ne faisait qu'augmenter cette désespérance.
Isabelle écoutait ses complaintes intimes,
Nul autre ne reçut toutes ses confidences.
Qu'elle avait dans le cœur un douloureux secret,
Chacun pouvait le voir à ses criants regrets.

Or, son père, lui aussi, était désemparé,
Et son cœur alourdi d'une grande douleur.
Il n'avait en effet qu'un enfant adoré,
Et ne pouvait savoir ce qui causait ses pleurs.
Aveugle rend l'amour, dit le proverbe vrai
Que j'ai déjà ouï répéter par plusieurs.
Lorsque l'on est touché tout en particulier,
Le diable nous l'apprend chaque fois en dernier.

Le roi arrêta donc la décision suivante :
Que pour Vienne il fallait de fraîches distractions.
Il fit donc préparer un tournoi sans attente,
Pensant lui procurer grande satisfaction ;
Il manda la nouvelle aux cours les plus distantes
Tout Israël reçut une convocation.
Quiconque était habile à tenir une épée,
Devait à ce tournoi aussitôt galoper.

Un excellent écu, composé de cristal,
Fut alors accroché au sommet d'une lance,
Incrusté de rubis et de perles ovales,
Croyez-moi, on vanta cette magnificence !
Ce noble bouclier sur son haut piédestal
Serait à qui vaincrait avec force et prestance.
Venait s'y ajouter un riche diadème.
Et la grâce de Vienne était le prix suprême.

Le diadème était menu et précieux,
Et Vienne l'avait fait de ses doigts délicats.
Quoique durât toujours son mal pernicieux
Et que nul ne trouvât de remède à son cas,
La princesse apaisait son esprit soucieux
Dans l'espoir qu'approchait la fin de son tracas.
Elle pensait : « Qui sait ? parmi tous ces seigneurs
Pourrait venir celui qui m'a brisé le cœur. »

Alors se répandit l'annonce exceptionnelle,
Dans les pays lointains comme dans les plus proches,
Que tout chevalier, comte, et n'importe quel
Homme qui se sentît sans peur et sans reproche,
Devait venir à Vienne à la lune nouvelle.
Le jour du premier mai fut marqué d'une encoche.
Quiconque avait ouï l'annonce déclamée,
Voulait se présenter sans faute au premier mai.

Beaucoup de ces seigneurs n'avaient plus de patience,
Ils prirent des chemins parsemés de dangers,
Et sans plus s'attarder, risquant leur existence,
Sur la route assassine osèrent s'engager.
Cela pour satisfaire une unique espérance :
Gagner le cœur de Vienne, être son protégé !
Car en tout lieu où parvenaient des voyageurs
Étaient connus son nom et sa grande splendeur.

En foule vinrent donc les épées de valeur,
De comtes et de ducs, de simples chevaliers,
Les armures polies, les chevaux les meilleurs,
Les hommes les plus forts, le port noble et altier.
Lorsqu'ils foulaient le sol en groupes batailleurs,
Le pavé sous leurs pieds s'ébranlait tout entier.
Ils avaient fière allure et des armes puissantes,
Des troupes d'écuyers suivaient obéissantes.

Volontiers, un à un, je vous aurais cité
Les noms de ces seigneurs consciencieusement.
Mais je sais bien que nul parmi ces invités
Ne vous serait connu, de vue, ni autrement.
Je me contenterais dès lors de raconter
Qu'ils couraient au combat d'un même mouvement.
Mais qu'ils attendent donc – je le leur ai prescrit –
Que vienne Odoardo au côté de Paris.

Paris, pendant ce temps, était fort hésitant,
Et à Odoardo il demandait conseil,
Devait-il lui aussi être des combattants ?
Devait-il éprouver ses forces en sommeil ?
Odoardo alors eut un rire éclatant,
« Dieu me frappe, dit-il, pour un doute pareil !
Je serais pour toujours travaillé par la honte
Si nous n'allions à ce tournoi pour notre compte.

Je dis qu'en vérité, pour Vienne et son honneur,
Nous ne pouvons manquer cette occasion offerte.
Pour les armes je veux qu'elles n'aient de couleur
Pas plus jaune que bleue, pas plus rouge que verte
Pour n'être reconnues d'un œil inquisiteur.
Et pour que nos menées ne soient pas découvertes,
Sur nos propres chevaux nous n'irons pas montés ;
Nul ne saura nos noms, ni notre identité. »

Ils furent très prudents en se dissimulant.
Ils s'équipèrent bien, les deux jeunes garçons
Leurs piques, leurs harnois étaient tout à fait blancs
Ainsi que leurs chevaux et leurs caparaçons.
Puis, la lance aiguisée et le cœur excellent,
Ils s'en vinrent à temps de discrète façon,
Car le tournoi avait depuis peu commencé :
S'y battaient des héros dignes d'être encensés.

Et l'on louait plus d'un parmi les concurrents
Mais condamnait certains autant que des larrons.
Car on reconnaissait les seigneurs et leurs rangs
Au blason que portaient les casques sur leurs fronts.
C'était un fou, un singe, ou un lion fier et franc,
L'un avait un saint, l'autre une croix au plastron.
Nos héros vivement entrèrent dans l'action,
Chacun les contemplait avec stupéfaction.

Tout le monde en effet les suivait du regard
Car ils se démenaient dans un entrain sauvage.
Paris distribuait tous ses coups avec art,
De sorte qu'ils blessaient chaque fois davantage.
La lance dans ses mains volait de toute part,
Et tous ceux qui de près observaient ses ravages,
N'avaient vu nulle part un seigneur faire mieux,
Et Vienne parmi eux n'en croyait pas ses yeux.

C'est alors qu'elle dit à sa chère Isabelle :
« Lequel des combattants te plaît mieux en ce jour ? »
« Ce seigneur qui combat pour nous, répondit-elle,
Et qui a sur son heaume un lion pour atour. »
Mais Vienne s'exclama : « L'armure blanche est belle !
Personne ne saurait égaler sa bravoure !
Il me semble que nul n'est aussi résolu,
À remporter la palme en mon nom dévolue. »

Son cœur parlait ainsi, et la chose était claire,
Car nul ne se battait avec tant de puissance.
Parmi ceux qui étaient engagés dans l'affaire,
Pas un, contre Paris, n'avait la moindre chance.
Il châtia vertement de nombreux adversaires,
Tandis que de son nom nul n'avait connaissance.
Cependant ses exploits en chantaient bien la gloire,
Car il fut le plus fort du matin jusqu'au soir.

Quand on eut remarqué qu'il était déjà tard,
On fit taire à la fin le combat acharné.
« L'homme vêtu de blanc, dirent-ils en fanfare,
A gagné ! » : ils montraient le seigneur concerné.
Paris, Odoardo, sans le moindre retard,
Vinrent au pied du roi alors se prosterner.
Et Vienne promptement s'approcha de Paris,
Pour lui remettre enfin de ses mains le grand prix.

Celui-ci, aussitôt qu'il s'en fut emparé,
Sans perdre un seul instant, disparut en courant.
Hôtes et étrangers étaient désemparés,
Qu'on ignorât le nom de ce preux conquérant.
Lorsque dans son pays chacun retournerait,
Il ne pourrait nommer l'étonnant concurrent,
Ce puissant combattant et ce noble seigneur,
Qui vainquit au tournoi avec autant d'honneur.

Chaque participant rentra dans sa contrée,
Rapportant les hauts faits du mystérieux vainqueur.
Tout le monde contait l'histoire trait pour trait,
De l'hommage reçu par Vienne du seigneur.
Sans jamais se lasser de faire son portrait,
Ils disaient qu'ils n'avaient jamais vu tant d'ardeur,
À tournoyer, à taillader, à s'escrimer,
Pour une jeune fille aussi noble qu'aimée.

« Qu'il ait risqué sa vie avec tant d'insouciance,
Qu'il se soit démené comme un dragon sauvage,
Ne nous inspire pas une surprise immense :
Il aurait même pu faire plus de ravages,
Puisqu'il sert une élue dont la magnificence
Ne possède d'égal nulle part en notre âge.
C'est qu'on voit rarement de beauté si altière,
On peut même affirmer qu'il n'en est point sur terre. »

De Vienne ils allaient donc les louanges disant,
Décrivant sa beauté comme miraculeuse,
Mais beaucoup de seigneurs et de comtes présents,
Pâlirent de colère aux phrases élogieuses.
« Il y en a au moins trois, dirent-ils médisants,
Dont la beauté défie votre Vienne enjôleuse !
L'enfant de compère Hans et d'autres de son âge,
Ont le cul plus joli que ne l'est son visage. »

Et l'un de déclarer que madone Constance
Était la plus charmante en tous ses mouvements,
Et l'autre de crier : « La plus belle est en France !
Qu'on me pende à l'instant, s'il en est autrement ! »
Ils en nommaient ainsi un bon nombre, je pense,
Et je ne m'en souviens que peu précisément.
Ils faisaient un tumulte à en devenir sourd,
Et tant qu'ils crieront, je m'en vais faire un tour.

Et je veux vous parler du bon roi, le Dauphin,
Et de sa fille aimée, de la princesse Vienne.
Il s'appelait ainsi, et je le nomme enfin :
C'est la première fois que je prends cette peine.
Elle répondait peu à ses efforts sans fin :
Par exemple au tournoi qu'il avait fait dans Vienne.
Je vous en dirai plus, mais ne me pressez pas !
Je suis las et je vais m'allonger de ce pas.

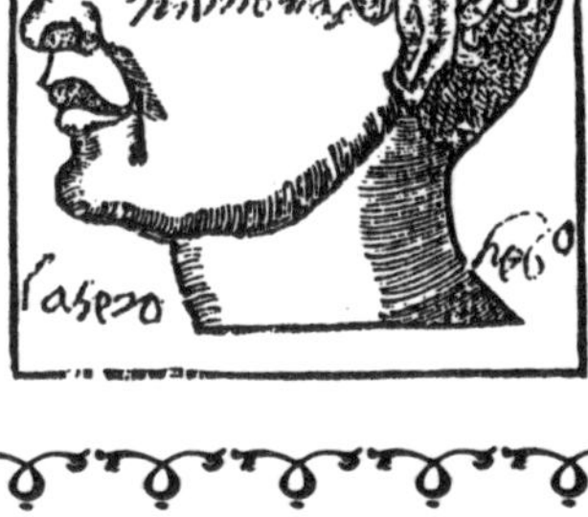

## Que Dieu m'aide et soit présent dans l'écriture du troisième chant !

Il faut dire ma foi que c'est chose pénible,
Que le monde ici-bas soit ainsi disposé,
Que le cœur de la femme y soit si insensible,
Plus froid que des parois de pierres composées.
Un homme viendrait-il à se prendre pour cible,
Et à son glaive nu soi-même s'exposer,
Qu'elles ne trouveraient ni larmes ni chaleur,
Pour pleurer le destin du pauvre serviteur.

Il en est bien ainsi, j'y ai fait attention,
Et je sais qu'en ce point je ne peux vous mentir.
Un pauvre homme étudie sans nulle interruption
Le moyen de donner à sa chère un plaisir,
Jour et nuit il la sert avec abnégation,
Ses efforts, semble-t-il, n'y pourront pas suffire :
À ses assiduités nulle n'est réceptive,
Lavant le cou d'un âne, on y perd sa lessive.

Que dans ce monde-ci, dans le monde futur,
Vienne soit donc bénie de toute éternité !
Je pense qu'elle fut unique en sa nature,
Ou alors qu'il s'agit d'une minorité.
Son cœur était de chair et non de pierre dure,
Nulle glace n'aurait refroidi son côté,
Tant celui-ci brûlait d'une vive chaleur,
Pour le service seul d'un obscur serviteur.

De savoir seulement qu'au nom de ses beaux yeux,
L'on avait bien des fois et joué et chanté,
Avait mis dans son cœur un amour impérieux :
Jamais, pour un jeune homme, on fut tant affecté.
Quant à son attitude, à ses gestes curieux,
Je vous les ai plus tôt de ma bouche contés.
Le tournoi était fait pour calmer son chagrin,
Mais l'avait aggravé loin d'y mettre le frein.

Le tournoi fut semblable au petit brin de paille
Qui fait se déchaîner les flammes de plus belle :
Il remua son âme, en agrandit la faille.
Elle allait souvent voir sa nourrice Isabelle :
« Ces deux preux chevaliers, venus à la bataille,
Aussi vrai que mon Dieu est en toute heure au ciel,
Ceux qui étaient en blanc et si bien se battirent
Sont ceux-là même qui me jouaient de la lyre !

L'un d'eux a, dans mon sein, fait pénétrer sa lance,
Et il s'en faut de peu qu'il divisât mon cœur,
Celui-ci est percé maintenant en tous sens,
De flèches acérées et de dards ravageurs.
Tant que je n'aurai fait enfin sa connaissance,
Rien ne pourra guérir blessures et douleurs.
Il ne se peut qu'il soit d'un sang peu élevé,
Étant donnés ses gestes et sa force éprouvée. »

Isabelle faisait tout pour la consoler :
« Il est sans aucun doute un courageux seigneur. »
Elle disait : « Crois bien qu'il est vrai qu'il me plaît,
Et que pour ton amour, je lui veux le meilleur. »
S'il me fallait chanter leurs discours au complet,
J'y prendrais la journée dans toute sa longueur.
Aussi les laisserai-je en ce point raisonnant,
Et de Paris m'en vais écrire maintenant.

Je vous ai déjà dit qu'il vint à vive allure,
Le brave chevalier, le valeureux seigneur,
Et qu'on ne sut son nom ni grâce à son armure,
Ni grâce à son cheval, ni grâce à ses couleurs.
L'écu et le diadème étaient en un lieu sûr :
Rien au monde n'était aussi cher à son cœur.
Aussi les gardait-il avec cent précautions
Et qu'il les possédât, nul n'y fit attention.

Il les aimait beaucoup et aurait bien voulu
Qu'ils lui portent secours : il avait tant souffert.
Mais de paix, de repos, il n'avait guère plus,
Ne pouvant surmonter sa faiblesse première.
Car Vienne sur son cœur pesait de plus en plus,
Sans qu'il gardât l'espoir, un jour, de s'y soustraire.
Nul ne lui inspirait d'heureuses attitudes
L'évêque mis à part, selon son habitude.

Paris se comportait comme un homme égaré,
Qui s'est entièrement livré au désespoir
Quand son père, dès lors, le regardait errer,
Il se décomposait chaque fois à le voir.
Il se sentait alors toujours désemparé,
Malade quasiment de n'en pas plus savoir.
Le vieillard ne cessait jamais de se maudire
En voyant son bon fils se laisser dépérir.

C'est ainsi qu'un beau jour, il le fit inviter
Chez lui, en compagnie de Diane sa mère :
« Mon cher fils, lui dit-il, je te prie d'écouter !
Dis-moi, pour quel motif, dis-moi par quel mystère,
T'es-tu donc attaché l'évêque respecté,
Au point de l'aimer plus que tout homme sur terre ?
Que t'est son vain babil, que t'est sa logorrhée,
Veux-tu te faire moine ou peut-être curé ?

Mon fils, pourquoi suis-tu ce chemin malaisé ?
Quel est donc ton souci et quels sont tes désirs ?
Pourquoi es-tu soudain aussi peu disposé
À te montrer au monde, à vivre et à sortir ?
Mon Dieu, où sont passées les journées tant prisées,
Où ma vie grâce à toi n'était qu'un long plaisir,
À t'observer jouer toujours dans ces parages,
À t'admirer gagner les combats, les hommages ?

Où donc est ton faucon, où sont tes chiens de chasse ?
Où est ton destrier, où sont tes campements ?
Je pensais voir ton sang devenir chaud, vivace,
Le voilà refroidir chaque jour constamment.
Est-ce vraiment la joie dont tu m'offres la grâce,
Qui devrait consoler de l'âge les tourments ?
Tes faits me font sentir une grande faiblesse,
Jusqu'à ce qu'à la fin je meure de tristesse.

Tu es mon seul enfant, c'est là la vérité :
Je n'en attends pas d'autre aujourd'hui, à mon âge.
Ne te sens pas, le moins du monde, inquiété,
Agis en digne fils avec plus de courage !
J'ai vécu tant d'années et suis si dépité
Que mon esprit est presque en proie à des mirages.
Faut-il que maintenant ma vie soit misérable,
À force de te voir piteux et lamentable ?

Aussi, je t'en supplie, écoute ma prière,
Mon enfant adoré, mon cher et digne cœur,
Danse encore et bondis, ris d'un rire sincère,
Va combattre aux tournois, recherche les honneurs,
Fais-le donc en pensant aux maux de ton vieux père,
Fais-le donc pour calmer de ta mère les pleurs ! »
Il exprima ainsi bien des supplications,
Qui auraient pu briser les pierres d'émotion.

Et Paris répondit à son excellent père
En peu de mots, en tempérant bien son discours :
« Père adoré, quittez toute pensée amère,
Et ne vous laissez pas sombrer de jour en jour !
Poursuivez votre vie dans une paix entière,
Ne soyez pas ainsi brisé par votre amour :
Chassez finalement de votre sein la peine,
J'espère avoir bientôt une vie plus sereine. »

Paris lui dit ces mots et le lui promit certes,
Afin de lui donner un moment d'allégresse,
Mais il n'en devint pas pour cela plus alerte,
Tant il souffrait d'amour et son cœur de détresse.
Je veux le laisser là, aller seul à sa perte,
Et m'en vais séparer tous ces gens qui s'agressent,
Car pendant que je cause avec vous de son sort,
Ceux-là se sont déjà presque frappés à mort.

Je veux parler de ceux qui s'écharpent là-bas,
Espérant de leur dame illustrer la beauté,
Et qui ont tant laissé s'enflammer le débat,
Qu'ils veulent à présent cogner sans discuter.
Lorsque le roi de France eut vent de ce combat,
Il voulut lui aussi venir y assister.
Si la dispute avait plus longtemps dérapé,
Ils se seraient bientôt en morceaux découpés.

Des comtes et des ducs, des hommes de valeur,
S'étaient tous répartis dans trois camps différents :
Les insultes volaient avec tant de vigueur,
Qu'on en serait venu à des coups délirants.
Le roi aurait beaucoup regretté sa lenteur,
S'il n'avait réagi à temps au différend.
C'est pourquoi près de lui il les fit tous venir :
Les fidèles vassaux tous ensemble obéirent.

Il s'adressa à eux en ces bonnes paroles :
« Je veux que vous suiviez de bon cœur mon avis,
Vous ne gagnerez rien à cette rixe folle,
Elle finirait mal en vous coûtant la vie.
C'est pourquoi j'ai trouvé, avant qu'on se désole,
Une issue où l'honneur n'est en rien desservi :
Il faut vous en remettre au droit, à la fortune,
Il vous faut accepter leur sentence opportune.

Je vais vous présenter le parti que j'ai pris,
Et n'accepterai pas que quelqu'un s'y oppose !
Ici même en plein cœur de ma ville, Paris,
Trois bannières de soie je veux que l'on dispose,
Chaque bannière doit représenter le prix
De l'une des beautés qui sont ici en cause.
Et c'est en lettres d'or que je ferai écrire
Les noms des trois beautés que l'on fait concourir.

Aussi fort, aussi loin qu'il est en mon pouvoir
Je veux que les hérauts apportent la nouvelle,
Que quiconque à la lutte ait le moindre savoir,
Que quiconque au combat par son courage excelle,
Vienne donc tournoyer ce jour pour promouvoir
La supériorité de l'une des trois belles,
Et afin de montrer quelle beauté il sert,
Il viendra se ranger au pied de sa bannière.

Un tournoi est fixé pour régler le conflit
Et celui qui saura en être le vainqueur,
Recevra pour soi-même et celle qu'il élit,
Le prix de la beauté, le prix de la valeur. »
Alors, les chevaliers d'une voix s'y rallient :
« Votre idée satisfait au droit et à l'honneur
Nous nous en remettons à Dieu omnipotent,
Qui donnera son aide au parti méritant. »

La rixe fut dès lors calmée pour un moment
Et l'on se concentra sur les préparatifs.
Comme flèche d'un arc, ou plus rapidement,
S'envola la rumeur du rendez-vous festif.
Avec célérité, on manda instamment,
Trois hommes à cheval qui partirent bien vifs,
Tous les trois empruntant un chemin différent,
Prévenir les beautés ainsi que leurs parents.

Le roi leur a donné à chacun l'ordre clair
De dire aux trois élues les détails de l'histoire,
Et que rien ne pourrait davantage lui plaire,
Que si pour le combat, elles voulaient avoir
L'aimable attention de venir de concert.
C'est ainsi qu'il songeait pour le mieux y pourvoir
Et priait qu'elles aient une chose à offrir
Au vainqueur de la palme en tant que souvenir.

À ce fameux combat, au tournoi proclamé,
Tout le monde aspirait avec grande ferveur,
Du matin jusqu'au soir, jour et nuit désormais,
On ne causait de rien sinon de la grande heure.
Paris se demandait comme à l'accoutumée,
S'il devait y aller et quitter sa demeure :
Il ne se résoudra, il me semble, à rien faire,
Avant qu'il n'ait parlé à son précieux compère.

Odoardo lui dit : « Tu ne te rends pas compte,
Que tu serais, parbleu, après ça plein d'aigreur ?
Car nous ne pourrions pas supporter notre honte,
Si Vienne ne devait obtenir cet honneur.
"Ah ! si j'avais été parmi ceux qui s'affrontent,
J'aurais bien, dirais-tu, emporté sa faveur."
Et si un étranger devait la rendre heureuse,
File dans ta chambrette affronter la Faucheuse ! »

Odoardo savait quel homme était Paris,
Qu'il n'y avait de lance aussi prompte à frapper.
C'est ainsi qu'il avait convaincu son esprit
De sorte qu'au tournoi, il vint participer.
Quiconque aime la danse est facilement pris,
Dès les premiers accords, on le fait galoper.
C'est en secret que s'équipaient les chevaliers,
Ils s'étaient transformés de la tête aux souliers.

Et quand finalement approchait le grand jour,
Une foule de gens entra dans la cité,
Après un long chemin, de leurs lointains séjours,
Des comtes et des ducs, des barons réputés.
Un grand nombre voulait se battre avec bravoure,
Pour les femmes aimées que j'ai déjà chantées.
Au nom de son élue, chacun voulait l'honneur,
Paris et son ami se joignirent au chœur.

Il y eut le présent du comte d'Angleterre,
En l'honneur de sa sœur, la fameuse Constance :
Une couronne ornée de diamants et de pierres,
Pesant trois livres d'or, au moins, dans la balance.
Et Florie ne vous est toujours pas familière,
Je n'ai de la nommer pas encore eu la chance.
Elle était fille aînée d'un comte respecté,
C'est un caparaçon qu'elle fit apporter.

Vint bien sûr à son tour notre ami le Dauphin,
Avec Maître Jakom, son compagnon fidèle.
De Vienne était venue toute une foule enfin,
Escortant leur seigneur à la fête nouvelle.
Ils portaient avec eux un présent des plus fins :
Une coiffe tirée de ses biens personnels.
Connaîtra seulement sa très grande valeur,
Celui qui deviendra pour Vienne le vainqueur.

Cette foule de comtes et de puissants seigneurs,
Fut bien sûr accueillie avec grand dévouement.
Les bannières de soie furent portées sur l'heure,
Chacune à un piquet nouée séparément.
Les présents précieux des dames de valeur,
Pendaient à leur bannière, en guise d'ornement.
Et l'on planta enfin ces trois nobles bannières
À trois coins différents de la place princière.

## CHANT 3

Lorsque fut arrivé le temps des réjouissances,
C'était le dix septembre, en toute précision,
Se pressaient étrangers, ainsi que gens de France.
Quel tumulte ce fut, et quelle confusion !
Marchands et nobles gens composaient l'assistance,
Boutiquiers, artisans, à grande profusion,
Pauvres, riches, enfants et les femmes encore,
Rassemblés tels les juifs entourant le veau d'or.

Tout le monde voulait être présent là-bas :
C'était en vérité un grand plaisir à voir.
Certains furent pressés au milieu des ébats,
Cependant ils souffraient de bon cœur leurs déboires.
Et les preux chevaliers qui venaient au combat,
Se répartirent tous en camps contradictoires,
Celui qui défendait une belle héritière,
Vint ranger son cheval au pied de sa bannière.

Le livre dit le nom des différents seigneurs,
Quant à moi, s'il vous plaît, je ne veux pas le faire.
Je vous le dis encore ainsi que tout à l'heure :
Vous ne les connaîtrez en aucune manière.
Mais je vous fais savoir pour calmer vos ardeurs,
Que chacune des dames eut bien dix hommes fiers,
Pour laquelle des trois s'est Paris affairé ?
Dites-le donc tout seuls, je le répéterai !

On commença dès lors vivement à frapper
Je ne vais pas rester à décrire en détail
Comme l'on se coupait, se piquait, se tapait,
Comme on se déchirait, s'étripait en pagaille.
Si je disais le sang qui coulait des épées,
Il se pourrait, ma foi, que les dames défaillent.
Aussi vais-je laisser ce point disgracieux,
Que personne ne soit contre moi furieux.

Sans discours inutile et sans autre longueur,
J'en viens dès maintenant à l'issue de l'affaire.
Il y avait là-bas de très puissants seigneurs
Qui combattaient, chacun, d'excellente manière.
Mais aucun de Paris n'atteignait la hauteur,
On n'avait jamais vu de combattant plus fier.
Il les provoquait tous, les faisait piétiner,
Jusqu'à ce qu'épuisés, ils aient abandonné.

Alors il maîtrisa l'arène tout entière.
Je dis la vérité, je n'oserais mentir :
Même si, à la fin, il obtint la bannière,
Il eut suffisamment de mal à s'en sortir.
Mais je pense que Dieu qui règne sur la terre,
Avait fixé son sort selon son bon plaisir.
Il vainquit le tournoi dans les plus grands honneurs :
Le Dauphin et le roi le voyaient de bon cœur.

Et l'on fit approcher Paris d'un simple geste,
Aucun d'eux ne sachant comment il s'appelait.
Et quand devant le roi, il fut venu bien leste,
Celui-ci déposa dans ses mains accouplées
Caparaçon, couronne, ainsi que tout le reste :
Couvre-chef et bannière ensemble rassemblés.
Les donnant à Paris, il dit : « Cela t'est dû !
Puisqu'en prince glorieux, tu t'es bien défendu. »

Paris s'en empara et sans perdre de temps,
Avec Odoardo, regagna sa demeure.
Aucun être vivant ne savait pour autant,
Qu'il était retourné du combat en vainqueur.
Il s'était adressé à l'évêque en partant,
En lui laissant entendre, avec ruse pour l'heure,
Qu'il devait voyager en tel et tel endroit.
Donc, à sa vie courante, il s'en revint tout droit.

Les autres chevaliers et tous les invités
Rentrèrent à leur tour dans leurs propres domaines :
Ils regagnaient le nid sans entrain, dépités,
Le dommage était grand et leur honte certaine.
C'est que Paris l'avait sans conteste emporté,
Les autres ressentaient de ce fait grande peine.
Le Dauphin et sa cour voulaient prendre congé,
Ils rentraient quant à eux, joyeux, le pas léger.

De son côté, le bon et noble roi de France
Se montrait empressé à lui rendre service.
La joie qu'il concevait de cette heureuse chance,
Il la lui témoignait par force bons offices.
« Ta fille, disait-il, est de très noble engeance,
Auprès de sa beauté, les autres sont factices.
Ma femme lui remet un diadème en hommage ! »
Je n'écris que cela, mais il dit davantage.

Après beaucoup d'adieux et de remerciements
Il s'en fut chevauchant regagner son palais.
Ses larmes témoignaient de son contentement.
À sa rencontre Vienne avait voulu aller.
Il lui sauta au cou et l'assit tendrement
Dans son giron : « Mon cœur, qui peut donc t'égaler
Ta beauté, ta valeur, portent le plus haut prix.
C'est ce qu'a démontré le tournoi à Paris.

Un seigneur dont l'habit était dissimulé
A pour toi combattu avec grande prouesse.
Je te promets, ma foi, de tout te révéler :
Il soutint ton honneur avec force et adresse.
Pourtant il est un fait dont je suis désolé,
Une chose a manqué, chez lui, je le confesse.
C'est qu'il n'a pas voulu s'exposer au grand jour
Pour qu'on pût en partie le payer de retour.

Il prit le couvre-chef ainsi que la bannière,
La couronne aussi bien que le caparaçon.
Il est certainement d'origine princière,
Au vu de ses exploits, de sa fière leçon.
Ne pouvant le payer d'une juste manière,
Je prie Dieu qu'il soit bon pour ce noble garçon. »
Il lui tint ce discours et bien d'autres encore
Qui de Vienne enflammaient le cœur toujours plus fort.

Elle s'interrogeait sur le comportement
Et sur l'identité de ce noble seigneur
Qui avec un pouvoir dévoué et charmant
Défendit au tournoi son rang et son honneur.
Jusqu'à la nuit tombée, elle tut ses tourments,
Et par un tel silence augmenta sa douleur.
Elle avait le cœur lourd de ces doutes cruels
Et vint parler enfin à sa chère Isabelle :

« Mon amie adorée, ô ma fidèle sœur,
Que faire maintenant ? Comment le supporter ?
Mes souffrances ne font que croître d'heure en heure,
Cela t'est bien visible à ma mine attristée.
La flamme a réussi à pénétrer mon cœur,
Et ne laissera plus refroidir mon côté.
Souvent tu as ouï de mes lèvres amères
Que j'aime un chevalier d'une passion entière.

Je pense en vérité que c'est celui-là même
Dont encore aujourd'hui m'a parlé mon cher père
Qui me jouait jadis avec grâce suprême,
Trompette, aussi bien qu'orgue ou flûte traversière.
Il m'a fait prisonnier, puisqu'à ce point je l'aime,
Dans des chaînes de fer, étroites et sévères.
Il me trouvera morte enfin de ces douleurs
S'il ne vient pas bientôt me libérer le cœur.

Je sais bien qu'il me porte un véritable amour
Car ses actions me l'ont amplement découvert.
Et si je refusais de l'aimer en retour
Mon cœur serait vraiment aussi dur que le fer. »
Isabelle lui dit sans prendre de détours :
« Je loue ton sentiment, tes paroles sincères,
Mais il faut procéder avec sens et prudence
Et ne pas se laisser emporter par l'outrance.

Tu mènes ce grand deuil, tu gémis et tu pleures
Pour quelqu'un que jamais tu n'as vu de tes yeux.
Je n'ai pas, tu le sais, refroidi ton ardeur,
Puisque j'ai entendu répéter en maint lieu,
Que l'on veut constamment avec plus de fureur,
Ce qu'il est le plus dur d'obtenir sous nos cieux.
Mets ton espoir en Dieu, lui seul peut te sauver
Car le bien vient toujours succéder au mauvais. »

Grâce à ces gentils mots et à d'autres discours
Vienne enfin se sentit quelque peu consolée.
À sa douleur pourtant, ce fut un bref secours :
De toutes ses pensées ne pouvant l'exiler,
Elle voulait savoir qui était son amour.
Le connaître, le voir, c'est ce qu'il lui fallait.
Jours et nuits se passaient à creuser ce mystère,
Son cœur était plongé dans les feux de l'enfer.

Je laisse pour l'instant Vienne dans cette peine
Et de sire Jakom, m'en vais lire un moment :
Sa femme comme lui se réjouissent que Vienne
Ait connu du tournoi le joyeux dénouement.
Il pleure cependant pour peu qu'il se souvienne
Que Paris au combat n'a paru nullement
Car son cœur lui disait ainsi que son esprit,
Qu'il aurait aisément remporté le grand prix.

Le pauvre homme à présent s'agitait de plus belle
Ne pouvant accepter ses manières de faire
Il lança à Paris : « Ah ! mon Dieu, dis dans quel
Lieu ont donc disparu tes exploits de naguère ? »
Paris était touché de pareille querelle,
Et de causer ainsi le malheur de son père.
Il l'apaisait et espérait tout surmonter,
Cependant sa passion ne voulait le quitter.

La douleur de son père lui transperçait le cœur
Mais, de Vienne, l'amour l'aveuglait plus encore.
Lorsque son père eut vu que malgré sa rigueur
Ses mots ne pouvaient guère influer sur son sort,
Il voulut essayer son va-tout à cette heure
Et fit chercher Odoardo en prompt renfort.
S'enfermant avec lui au fond d'un cabinet,
« Pour une aide, dit-il, je t'ai importuné.

Tu as toujours été comme mon propre fils,
Et jamais je ne t'ai refusé ma confiance.
C'est pour soigner un mal qui croît quoi que je fisse
Que j'ai fait aujourd'hui quérir ton assistance.
Toi seul, par ton secours, peux calmer ce supplice,
Car si tu n'y peux rien, je n'ai plus d'espérance.
Je sais que sur Paris tu as un grand pouvoir,
Ta noble compagnie me l'a donné à voir.

Tout son comportement me laisse sans secours
Et à ma triste allure, on en voit bien des traces.
J'ai beau me récrier, il n'en est pas moins sourd,
Et mes supplications sont trop inefficaces.
Il va me faire choir au tombeau quelque jour,
Avant que n'ait sonné l'heure que je trépasse.
Parbleu, je crains vraiment que l'évêque damné
Ait jeté au jeune homme un sort empoisonné !

C'est pourquoi je t'en prie, je t'en prie de tout cœur,
Dirige cette affaire avec intelligence.
Va parler avec lui, veille à ce que sur l'heure
Il conduise sa vie avec plus de décence. »
Odoardo lui dit : « Mon père, mon seigneur,
Je ferai tout ce qui sera en ma puissance. »
Après cette promesse, il remonta en selle
Et rejoignit Paris, son compagnon fidèle.

Il le mena alors aux murs de la cité.
Et lui serra la main en signe de confiance.
C'est alors qu'il lui dit : « Je pense en vérité
Que tu m'écouteras en toute bienveillance.
Ne me tiens pas rigueur de ma sincérité,
J'aimerais te prier de cela par avance,
Car tout ce que je dis, c'est avec un cœur pur
Avec l'âme d'un frère et d'un compagnon sûr.

J'ai entendu plus d'une fois dans notre ville,
À tous les coins de rues, dans toutes les ruelles,
Dans les conversations, des paroles hostiles,
Qui t'accusent d'offrir un bien piètre modèle.
Les petits et les grands en sont troublés, et ils
Condamnent tous ta vie comme pestilentielle.
Disant : "Il était fort portant arme et plastron,
Comment s'est-il mué en semblable poltron ?"

Des plaintes infinies et des pleurs à outrance
Répandent sur ton compte et ton père et ta mère.
Tous les deux n'ont que toi, tu es leur espérance :
Leur souche voit en toi sa semence dernière.
Mais tu leur donnes là bien peu de réjouissances,
Et ton âme pourrait le payer assez cher !
Qui trouble ses parents, je te le dis encore,
Doit le payer plus tard au-delà de la mort !

Je te donne un conseil : sors enfin de la danse,
Sors-en ! Qu'on ne t'y voie plus jamais engagé !
Renouvelle ta vie par l'épée et la lance,
Écarte enfin l'amour de ton cœur ravagé.
Et si tu ne peux pas le laisser à distance,
Tâche au moins quelque peu de le décourager.
Tu aimes cette femme et la portes en ton cœur,
Quand elle n'a sur toi pas la moindre lueur.

Si même elle devait faire ta connaissance,
Elle aurait envers toi peu de curiosité,
Ne t'accorderait pas un soupçon d'importance.
Puisse me démentir l'heureuse vérité !
Que faire enfin, si elle t'aime en apparence ?
Oseras-tu la croire ou même l'écouter ?
C'est folie que manger cerises chez seigneurs,
Et que vendre peau d'ours avant qu'il ne soit l'heure.

Tu l'aimes à vrai dire avec autant d'amour,
Que si dès à présent tu l'avais prise au piège.
Tu ne sais pourtant pas quels sont les vilains tours,
Des femmes bien-aimées, ainsi que leur manège ! »
Je vous laisse à présent en ce point du discours,
Car la toux qui me prend exige que j'abrège.
Aussi suis-je un peu las de cette discussion,
Et vais me reposer de toutes ces passions.

*Fin de la troisième partie.*

## Que Dieu me soit un guide bienveillant Tandis que je compose le quatrième chant.

Ô belle demoiselle, ô digne jeune femme,
Ô noble douce fille, ô vous pucelle honnête,
Ne me retirez pas la faveur de votre âme
Si à trop d'âpreté un moment je me prête.
Je ne peux à présent faire la cour aux dames
Mais je bavarderai d'une façon discrète,
Et si je devais dire un mot qui vous outrage,
Madame, je vous prie, n'en prenez pas ombrage !

Gardez donc le silence, armez-vous de patience,
Même si quelque temps, les femmes vont souffrir.
Et ne me privez pas de votre bienveillance,
De tout cœur, je vous prie d'y vouloir consentir.
Odoardo est seul coupable d'insolence,
Car je n'ai jamais eu coutume de médire.
Et si devait sortir de ma bouche une injure
Elle est d'Odoardo, sur ma vie je le jure !

Je vous dis, par ailleurs, que dans un tel discours,
Il n'a pas pu parler avec sincérité.
Il connaît, comme moi, d'une femme l'amour,
Et pour elle offrirait richesse et dignité.
C'est qu'en cette occasion, il emploie le recours
Que tous les orateurs savent bien exploiter :
Pour aider leurs parents ou bien les gens de guerre,
Leur parole, au besoin, est vraie ou mensongère.

## CHANT 4

Ainsi Odoardo devait-il procéder,
Pour messire Jakom qu'il espérait servir,
Vous n'avez pas, je pense, oublié ses idées,
Si c'est pourtant le cas, veuillez vous souvenir :
Il disait qu'une femme est un flot débridé,
Où coulent sans arrêt les tromperies les pires,
Qu'aucune d'elles n'est digne de confiance,
Qu'on ne peut sur leurs mots construire d'espérance.

Et il continuait dans cette même veine,
« Paris, lui disait-il, mon ami, mon cher frère,
Au nom de leur amour, ne te mets pas en peine !
Elles ont d'infamies des charretées entières :
Penserais-tu atteindre à l'heure souveraine,
Qu'il ne s'agirait là que d'un appât vulgaire,
Par lequel elles vont corps et bien te ruiner
Et te faire pleurer le jour où tu es né.

Tu ne connais pas bien toute leur fausseté,
Leur façon de tromper les pauvres jeunes gens
Prodiguant leur sourire, un, deux, trois, sans compter,
Elles penchent la tête avec plein d'entregent.
Quand les cœurs, à la fin, dans les braises jetés
Se consument devant leurs yeux intransigeants
Elles les laisseraient se réduire en poussière,
Avant d'y verser l'eau de la moindre cuillère.

## CHANT 4

Elles n'ont en effet qu'un seul profond désir :
Qu'un amant au prochain sans attendre s'enchaîne.
Lorsqu'elles ont placé quelqu'un sous leur empire,
Elles le plantent là, tout seul, face à sa peine.
Et élisent bien vite un autre triste sire,
Se frottant à la proie tout autant qu'à l'ancienne.
Elles se vantent bien et se moquent ensemble,
"Oh je le rendrai fou, ma foi, si bon me semble!"

Nous les aimons vraiment chaque jour davantage
Nous ne pourrions agir avec plus de douceur,
Et elles sont pour nous de vraies bêtes sauvages,
Pires qu'ours et que loups dans leur grande fureur.
Si nous ne leur donnons qu'un coup d'œil au passage,
Il nous semble observer des tableaux enchanteurs.
Ce sont bien des tableaux, ce n'est pas un secret.
Elles ont de tableaux la peinture et la craie.

Quand un pauvre garçon croit observer l'allure,
Le visage charmant d'une jeune personne,
Il ne voit que céruse, il ne voit que mercure,
C'est cinabre et salive enfin qu'il affectionne.
C'est du bois de Brésil, c'est du vinaigre sur,
Œuf, citron, fleur de pois, voilà qui l'impressionne.
C'est de l'alun de roc, du talc et du glucose,
Vous n'en reviendrez pas de la métamorphose!

## CHANT 4

Elles font leurs cheveux aussi blonds que de l'or,
En pressant des onguents mêlés de soufre et d'huile.
À leurs fronts et sourcils, on voit sans nul effort
Avec quelle pincette chaque femme s'épile.
Quand enfin on les croit magnifiques à tort,
Nous voici chatouillés de manière subtile,
C'est qu'en fait leur beauté ne tient pas plus longtemps,
Que la neige limpide au soleil de printemps.

Et je préviens aussi mes frères insensés,
Qui les croient élancées comme hauts conifères :
Qu'ils voient ce qui est mis au creux de leurs corsets,
Leurs semelles montées à deux pieds de la terre,
Leurs robes, trois ou quatre, et frous-frous amassés,
Ils épargneront bien leurs sourires j'espère.
Qui a vu au coucher une femme pâlie,
Sait bien que les trois quarts restent au pied du lit.

Qui les observe ensuite au lever le matin,
Avant qu'elles ne soient maquillées et léchées,
Pense voir de ses yeux, en regardant leur teint,
Dans un bain de jus jaune une viande séchée !
Je ne veux y passer un temps inopportun,
J'ai un autre souhait que de t'effaroucher,
Sinon je montrerais sans nuance à tes yeux,
Que le vrai est en fait quatre fois plus odieux.

Elles nous jouent, ma foi, encore bien des tours,
Que je ne peux pourtant laisser dissimulés.
C'est pourquoi, sache, crois, et souviens t'en toujours,
Que lorsqu'elles commencent à vieillir, sans délai,
Leur dentition se gâte un peu plus chaque jour,
Leur visage devient de rides constellé,
Elles puent, elles bêlent, elles grognent et râlent.
Elles ont d'un démon la figure infernale.

Va donc bien te garder que leur beauté te leurre!
Car je peux te jurer, te déclarer ces faits :
Nul chrétien ni nul Juif n'y a trouvé d'honneur,
Et nul n'y a connu ni amour ni bienfaits,
Seulement fourberie, ruse et attraits trompeurs.
Elles ont un filet de talents contrefaits.
L'homme bon sait enfin échapper à leurs rets,
Le mauvais, quant à lui, y tombe capturé.

Elles n'ont mérité de considération,
Que pour nous avoir mis au monde, nous les hommes.
Elles crient haut et fort cette réclamation,
Mais, là aussi, leur droit n'est pas fondé en somme :
Vois la rose odorante à rouge carnation,
Elle est issue en fait d'une ronce, ou tout comme.
Quant au lys, il est né d'une herbe repoussante,
On en aime la fleur, on en jette la plante. »

Il fit ainsi couler de nombreuses paroles,
Que ce fût en conscience, ou bien à contrecœur,
Je ne dirai pas tout, ici, qu'on s'en console,
J'épargnerai ainsi de ces dames l'honneur.
Je me trouve en effet être à la même école,
Celle de ces amants, qui désirent chaque heure,
J'ai une belle amie que je ne veux nommer,
Qui refuse pourtant d'être par moi aimée.

Je dis qu'Odoardo agit injustement
Quand il s'exprime ici sévèrement, ou pire.
Si sept ou huit ont nui par leur comportement
Qu'il châtie celles-ci et les blâme à loisir !
Il y en a pourtant bien cent probablement,
Saintes et dévouées, sages en leur désirs.
Je dis « probablement » sans vouloir garantir,
Si je disais « c'est sûr », j'aurais peur de mentir.

Odoardo, ainsi, parlait tout son content,
Pour messire Jakom, il se voulait serviable :
« Paris, tu n'es pas sot, disait-il insistant,
Quatre fois plus savant que moi, c'est indéniable.
Ouvre les yeux, te dis-je, et rends-toi compte à temps,
Tu pourrais perdre honneur et biens dans cette fable.
Et tu souffriras plus, au fin fond de ton âme,
En voyant que ta chute est l'œuvre d'une femme.

Or si tu avais soin d'épargner père et mère,
Tu ne raidirais pas ta nuque avec fierté !
Le vieil homme transi rumine sa misère,
Comme s'il lui fallait être décapité.
Ta mère pleure, pleure, au long de nuits entières :
Les larmes ont couvert son visage attristé.
Et rien ne peut enfin consoler son humeur,
Que de te voir changer ta tenue et tes mœurs.

Voici, en d'autres mots, le conseil que je donne !
Fais-le, je t'en supplie, pour ce qui t'est si cher.
Pour ton père, pour moi, pour ta mère en personne,
C'est elle que j'aurais dû nommer la première. »
C'est ainsi longuement qu'Odoardo raisonne,
Fondant en vérité ses nombreux commentaires
Pour que Paris enfin veuille se repentir.
Ce dernier fit sortir de son cœur un soupir,

Et dit : « Odoardo, mon ami dévoué,
Tu as raison en tout, que puis-je donc te dire ?
Je ne peux rien nier ni rien désavouer,
Et ne veux que pleurer sur mon sort qui empire.
Contre cette pensée, il me faut m'ébrouer.
La chasser de mon cœur, je le veux sans faiblir,
La chasser de mon cœur, ainsi que de mes sens,
Afin que mes parents n'en aient plus de souffrance. »

Odoardo aima cette déclaration,
Et le laissa en paix deux semaines entières.
Mais tout était trop calme et dans ces conditions,
Odoardo se dit : « Je souhaite tout faire,
Je souhaite essayer toutes les solutions,
Pour qu'il soit tout à fait libéré de ses fers. »
Il vint donc chez Paris lui parler un beau jour
Et le prit dans ses bras sans le moindre détour.

Puis s'adressa à lui : « Paris, mon très cher frère,
Tu sais que cela fait bien sept mois désormais,
Qu'on attend en Brabant ma venue ordinaire.
Je m'y rends très souvent, j'y suis accoutumé.
Ce voyage, à présent, j'aurais voulu le faire,
Mais songe à t'épargner ce départ programmé.
Je songe à t'épargner et ne veux m'éloigner,
C'est pourquoi j'aimerais t'y voir m'accompagner.

J'ai amis et parents, là-bas, tu peux me croire,
Tu m'as déjà souvent entendu en parler.
C'est pourquoi je voudrais m'y rendre sans surseoir,
Si tu t'accommodais comme moi d'y aller.
Je te jure de plus que j'ai bien su pourvoir –
Sinon que le Seigneur me frappe sans délai ! –
À ce que nous passions du bon temps voyageant,
En dansant, gambadant, luttant et tournoyant. »

Paris lui répondit : « Je peux te le jurer,
Tu répands trop de mots avec trop de faconde !
Je viendrai avec toi, bien sûr, et de bon gré,
Même si tu voulais aller au bout du monde.
Tu m'as tant jusqu'ici aidé et honoré,
Qu'il n'est trop de bontés qui aux tiennes répondent ! »
Dès lors, les chevaliers partant d'un pas hâtif
Allèrent commander tous les préparatifs.

C'est ainsi que Paris et son compagnon sûr
Cherchèrent leur épée, leur armure et leur lance.
Ils devaient sans attendre enfourcher leurs montures,
Et avaient déjà fait apporter la pitance.
De sa chambre Paris verrouilla l'ouverture,
À sa mère il donna la clé avec confiance.
Priant qu'on ne laissât personne y pénétrer.
Ils s'en furent enfin par les routes, les prés.

Ils chevauchèrent bien jusqu'à destination.
Là-bas, on leur servit avec grande abondance
Toutes les joies qu'on put mettre à disposition :
Les concours, les tournois, les festins et les danses.
Ils ressentaient aussi grande satisfaction
À s'escrimer, parer, et combattre à la lance.
Paris gagnait toujours avec de grands honneurs.
Tout le monde l'aimait, le voyait de bon cœur.

## CHANT 4

Chacun devant Paris faisait la révérence,
Chacun appréciait sa parfaite nature.
On en faisait l'éloge, en tout lieu, en tous sens,
À tous les points de vue, sous toutes les coutures.
Et cependant son cœur restait lourd de souffrances,
Tout cela ne pouvait soulager ses blessures.
Mais il était discret face à Odoardo,
Lui cachant sa douleur et lui tournant le dos.

Aucun homme ne sait, s'il n'en a pas souffert
À quel point la passion est cause de douleur.
Certains osent prétendre : « Elle n'est qu'éphémère. »
Et ajoutent ces mots : « Loin des yeux, loin du cœur. »
Mais quiconque a recours à cette aide précaire
Plaisante et son amour n'a pas de profondeur !
Car on garde à l'esprit la passion véritable,
Et de près ou de loin, elle est inoubliable.

Paris en est, je crois, aussi l'illustration :
Voyez Odoardo, ses pressantes prières,
Sa plaidoirie guidée par les lamentations
Qu'il avait entendues chez son père et sa mère.
Le voyage était fait aussi dans l'intention
De libérer Paris du piège délétère.
Mais l'amour qu'il vivait surmontait tout obstacle,
Bien qu'à Odoardo il cachât ce spectacle.

## CHANT 4

Tandis qu'Odoardo le croyait assoupi,
Les horloges sonnaient huit puis neuf puis dix heures,
Paris s'écriait « Vienne, ah ! Vienne ! » sans répit,
« Quand donc de te revoir aurai-je le bonheur ?
Puisses-tu seulement regarder sans dépit
La profonde blessure infligée à mon cœur !
Puisque tu m'as ainsi divisé la poitrine,
Tu en seras, je crois, l'unique médecine. »

Paris passait son temps à répéter ses plaintes,
Vienne ne sortait pas de ses pensées cachées,
Quand sa mère envoya une lettre succincte :
« Ton cher père est malade, expiant nos péchés. »
Il en fut terrassé tant il en eut de crainte.
Tous ses membres avaient subitement flanché.
Il avait de son père oublié le malaise :
Même l'homme trempé trouve la pluie mauvaise.

C'était la vérité, son père était fiévreux,
Son urine en était de rouge colorée.
Il fit mander Paris dans cet état affreux :
C'est ce que tout bon père en pareil cas ferait.
Or sa fièvre était tierce, et par ce signe heureux,
On fut, Dieu soit loué, tout à fait rassuré.
Mais il ne pouvait chier, c'était grande misère,
Il fallait tous les jours lui souffler au derrière.

Quant au roi, le Dauphin, il l'aimait tendrement,
Vous devez à présent déjà bien le savoir,
Il alla, deux, trois fois consoler ses tourments,
Et par de doux discours pallier son désespoir.
Par la suite il voulut que Vienne également
Saluât le malade et sortît pour le voir.
Ce conseil ne fut pas adressé à un sourd :
Les filles sont ravies quand il faut faire un tour.

Vienne se rendit donc au chevet du malade
Ses suivantes aussi et sa chère Isabelle.
Dame Diane accueillit ses bonnes camarades,
Elle fut chaleureuse et aimable avec elles.
Et ce furent douceurs, ce furent embrassades,
On leur fit retirer leurs foulards de dentelle.
Il s'en tenait bien sept près du lit du vieillard,
La fièvre était, ce jour, clémente à son égard.

Et Vienne commença, à causer, à jaser,
Comme les femmes ont coutume de le faire,
Demandant, où, comment, et pourquoi il gisait
Dans un pareil état, malade et grabataire.
« En toute honnêteté, dit le père épuisé,
Je souffre tout cela pour mon enfant si cher.
Cela m'a en effet rendu bien malheureux,
Qu'il ait abandonné ses actes valeureux. »

Et il lui raconta toutes ses aventures ;
Qu'il avait fait cela, qu'il avait fait ceci.
Mais Vienne n'en fut pas touchée outre mesure,
Ne pouvant se douter de la clé du récit.
S'approchant du vieillard alors elle murmure :
« Guérissez sans tarder et chassez vos soucis ! »
Elle le consola et lui apprit à faire
Une quantité de remèdes de grand-mère.

Ayant enfin parlé tout à satiété,
Elle prit son congé de l'aimable vieillard
Avec ces mots : « Adieu, cher père respecté,
Stia con dio ! Le Seigneur vous soigne sans retard ! »
Du lit, il remercia Vienne de sa bonté :
« Dieu vous bénisse et vous protège à tous égards ! »
Et d'un signe de tête il appela sa femme,
La priant de montrer le palais à ces dames.

De la chambre, dès lors, ensemble elles sortirent,
Et Diane les mena à travers la demeure.
Les portes une à une, elle leur fit ouvrir,
Des chambres, des salons et des salles d'honneur :
Tout y était orné, tout y semblait reluire,
Bien loin de l'ordinaire en était la splendeur.
Ayant tout, à la fin, visité amplement,
On s'en vint chez Paris, dans ses appartements.

Diane ouvrit tout d'abord les fenêtres en grand,
Qu'il avait verrouillées face aux yeux curieux.
Quant aux riches objets qu'elle allait leur montrant,
Elle fit attention qu'ils ne quittent les lieux.
Un lit de cour offrait son confort attirant
Et inspirait l'envie d'y sauter jusqu'aux cieux.
Les ornements étaient grandioses de surcroît,
Dignes en vérité de la chambre d'un roi.

Deux ou trois javelots se trouvaient dans la salle,
Y étaient accrochés un heaume et un harnais.
Pendait également un attirail royal,
De lances et d'épées, de lames dégainées.
Puis elles purent voir la pièce latérale,
C'était, tout plein d'objets, un petit cabinet.
Caparaçons, tabards et autres bannières,
Y étaient suspendus pour qu'ils y prissent l'air.

Il y avait aussi beaucoup d'armes splendides,
Recouvertes de soie, de perles, de dorures.
C'était merveille à voir pour leurs regards candides,
Et Vienne s'exclama : « Ma foi, je te l'assure,
Ces choses doivent être à un noble intrépide,
Qui mène bien sa vie et qui a fière allure.
Je l'affirme, Isabelle, il est digne d'éloge,
Je le vois clairement aux objets de sa loge. »

Vienne se retournait lorsque, sans crier gare,
Elle aperçut plus loin, dans un angle extérieur,
Les armes d'un seigneur, blanches de part en part,
Et le caparaçon de la même couleur.
Son corps se refroidit, son teint devint blafard
Tant elle se sentit effrayée de bonheur.
Discrète, elle feignit d'y être indifférente,
Parlant à Isabelle à voix basse et plus lente :

« Chère Isabelle, hélas, se pourrait-il vraiment
Que je ne sache pas reconnaître l'habit ?
Il combattait sans faute avec ces vêtements
Le seigneur qui s'enfuit d'un mouvement subit ! »
Alors, elle pâlit, tremblant soudainement.
La nourrice parla sans changer de débit :
« Vienne, écoute ! À parler, l'instinct léger te pousse,
Ne peut-on ici-bas voir qu'une vache rousse ?

Des vêtements pareils, il en est quantité
Qui se trouvent portés par bien d'autres seigneurs ! »
Mais Vienne répondit : « Laisse-moi enquêter,
Pas besoin d'achever tes mots réprobateurs. »
Et à l'endroit précis où elle est arrêtée
Un vertige la prend comme un coup de chaleur.
Je pense y déceler la feinte ingénieuse,
De qui veut éloigner les femmes curieuses.

Vienne fit donc semblant qu'un mal l'incommodait,
Priant la compagnie de bien vouloir sortir.
Une douleur, dit-elle, ainsi la taraudait,
Qu'un instant de sommeil était son seul désir.
Elle allait s'allonger un peu et demandait,
Que de la réveiller on voulût s'abstenir.
C'est ainsi qu'on chassa la troupe des suivantes,
Isabelle resta assister la souffrante.

Sur le lit, c'est bien vrai, elle alla se jeter,
Mais elle y demeura moins de temps immobile
Qu'il ne m'en a fallu pour vous le raconter,
Puis elle en descendit d'un mouvement gracile,
Lançant à son amie : « Je parie, sans douter,
Que c'est lui qui pour moi au combat fut habile.
Maintenant cherchons-en des preuves plus flagrantes. »
Et elle retourna dans la pièce attenante.

Tandis qu'elle fouillait parmi tout l'attirail,
Et qu'elle le tournait dans l'un et l'autre sens,
Sans malice sa main accrocha une entaille,
Une porte menue s'entrouvrit en silence.
La porte se trouvait profond dans la muraille,
Mais le noble Paris, chevalier de bon sens,
Avait mis devant elle un grand nombre d'affaires,
Pour qu'on ne la voie pas, ni qu'on aille derrière.

## CHANT 4

À Vienne le bon Dieu accorda cette chance
Que le secret ne fût pas plus longtemps couvert,
Et la porte cachée, dont j'ai dit l'existence,
D'un profond escalier recélait le mystère.
Vienne alors y plongea en toute diligence,
Et trouva tout en bas, sur une table en pierre,
Elle trouva et vit de ses yeux ébahis,
Ah ! je ne peux parler tant la joie m'envahit !

Elle y trouva l'écu composé de cristal,
Y trouva la couronne, emblème d'excellence,
Elle y trouva aussi les bannières royales,
Qu'il avait remportées au royaume de France.
Un grand nombre d'objets emplissaient cette salle,
Que lui avaient gagnés les exploits de sa lance :
De Vienne le diadème et le caparaçon ;
Enfin, son couvre-chef complétait la rançon.

La jeune fille, alors, se figea tout entière.
Son allure s'était brusquement transformée.
La passion l'embrasa de si vive manière
Que dehors et dedans, elle en fut consumée.
Puis sa bouche, son cœur, ensemble s'exprimèrent,
Et l'amante, en ces mots, se mit à déclamer :
« Que Dieu notre seigneur soit béni dans le ciel,
Lui qui sortit mon cœur de sa peine cruelle.

Si ma vie, par cet homme, a été souvent dure,
Si je suis transpercée de flèches affûtées,
S'il m'a, le glaive nu, porté maintes blessures,
S'il a versé mon sang par ses coups répétés
Ce noble chevalier valait que je l'endure!
Désormais, je ne peux m'en sentir irritée!
Je ne regrette pas de subir ce malheur
Qui ne vient pas d'un serf, mais d'un noble seigneur!»

Elle aurait poursuivi ces paroles brûlantes
Mais Isabelle interrompit sa belle ardeur
Disant : «Pour ton honneur ne sois pas si violente,
Ne prends pas trop de goût à ce petit seigneur.
Il est moins grand que toi et il a moins de rentes,
Même si tous ses faits avaient de la valeur.
Tu as beauté, vertu, richesses et savoir,
Et les ducs, et les rois se pressent pour t'avoir.»

Et Vienne répondit : «C'est cela que tu penses?
Que je ne peux donner ma personne et mon cœur
À celui qui risqua dix fois son existence,
Puissant et valeureux, pour sauver mon honneur?
Je le dis, je le jure avec plus d'assurance :
C'est cet homme que j'aime! À lui vont mes faveurs!
C'est lui qu'aimer je veux jusqu'au jour du trépas,
Et tes méchants discours ne me convaincront pas!

De tous ces fils de duc, que puis-je avoir à faire ?
De ceux qui jour et nuit roulent dans les richesses,
Et à qui font défaut audace et caractère,
Pour aller à trois lieues même de leur adresse ?
L'honneur des nobles gens demeure toujours vert,
Si le noyau est bon, il garde sa jeunesse.
Domaine, argent et biens, tout peut s'évaporer
Mais l'homme de valeur ne se peut égarer.

Pardon mais je conchie les biens qui t'émerveillent !
C'est lui qui me convient : il m'est doux et honnête !
C'est lui qui m'est charmant : il est blanc et vermeil !
Il est fort et adroit, des pieds jusqu'à la tête.
Aussi, avec ferveur, je te donne un conseil :
Ne va plus t'opposer à ma juste requête !
Donne-moi ton avis et l'aide désirée
Sinon nous finirons vite à couteaux tirés ! »

« Ne soyez pas, dit Isabelle, aussi outrée !
J'ai donné mon avis sur pareille question,
Ce n'est pas pour autant que je l'ai dénigré !
Ne vous enflammez pas avec tant de passion !
Je veux, dans cette affaire, pour mieux vous éclairer,
Vous offrir mes secours et ma contribution. »
S'étant mises d'accord, elles eurent l'audace
De prendre les objets qui étaient dans la place.

Laisser le bouclier leur sembla raisonnable,
Elles mirent la main sur des choses menues :
Diadème, couronne, et couvre-chef aimable,
Bannières de soie, toutes trois bien connues.
Et Vienne déclara : « Je juge indispensable
Que de notre butin nul ne soit prévenu.
Ainsi, sous nos habits, fourrons-le bien encore,
Et ne le tirons plus désormais au-dehors ! »

Elles eurent le temps d'achever leur projet,
Avant que nul ne fût venu à l'intérieur.
Vienne annonça à tous qu'elle était soulagée,
Prit son foulard de crêpe et salua sur l'heure.
Ce furent « Grand merci ! » « Stia con dio ! » échangés,
Et « Puissions-nous vous voir en des jours de bonheur ! »
Puis l'on se sépara et rentra de ce pas.
On se dit d'autres mots que je ne chante pas.

Vienne avait eu, c'est vrai, des périodes pires
Au dédale, jadis, de ses suppositions,
Mais plus que de cheveux, lui venaient des soupirs,
Pendant qu'elle attendait l'objet de sa passion.
Un jour semblait un an, tant elle eut à languir,
Avant de voir Paris rentrer d'expédition.
Je crois bien que ces jours ont fort dû lui peser,
Car à semblable mal, je me vois exposé.

Passèrent de la sorte encore quelques jours,
Sire Jakom avait recouvré la santé.
Paris, de son côté, ne fit pas de détour,
En rentrant au logis, il voulut se hâter.
Croyant que le malade y languissait toujours,
Il couvrit bien des lieues avec célérité.
Et arriva chez lui dans la joie, le plaisir,
Découvrant que l'aïeul n'avait plus à guérir.

Plus qu'à Odoardo, on fit fête à Paris,
Sans lui laisser le temps de sauter de cheval.
L'évêque l'entoura de ses bras, attendri,
En lui démontrant bien son amour sans égal.
Paris voulut aussi se jeter à tout prix
Aux genoux du Dauphin, comme tout bon féal.
Cependant la raison de sa venue soudaine,
Était l'espoir de voir le visage de Vienne.

Le projet s'accomplit, conforme à ses attentes,
Vienne avait pu, c'est vrai, prendre aussi ses mesures.
Quand il quitta son père elle était là, présente :
Il aperçut sa bien-aimée dans l'embrasure.
Il la vit à son gré, elle le vit, aimante :
Et cela consola les tendres créatures.
Quel réconfort en eut la noble jeune femme !
Paris s'en retourna avec la joie dans l'âme.

Tout cela se passa la première journée,
Et la première nuit avant d'aller au lit
Il inspecta sa chambre en homme attentionné,
Ses armes, son épée, son armure polie.
Il voulut aussi voir son petit cabinet
Et le trouva béant comme par quelque oubli :
Le passage menu était tout grand ouvert
Et il manquait plusieurs de ses chères affaires.

Lui vint au fond du cœur une terreur amère :
« Je suis perdu ! » dit-il en son for intérieur.
Se retournant, sans fermer l'œil, la nuit entière,
Il n'avait pas dormi aux premières lueurs.
Le matin arrivé, il fit venir sa mère,
Afin de dévoiler sa plainte et sa douleur :
« Ma chambre n'aura pas été bien surveillée ! »
Mais il n'expliqua pas les soupçons éveillés.

Sa mère avait peut-être oublié tout à fait,
Qu'on s'était promené dans l'un et l'autre sens,
Ou elle jugea bon de démentir les faits,
Espérant que son fils n'en conçût point d'offense.
Elle dit « Tu as tort ! » sur un ton stupéfait :
« Personne n'a ouvert ta chambre en ton absence ! »
La réponse ne fit qu'accroître sa douleur,
Il craignait qu'une honte achève son malheur.

Il craignait que ce fût un quelconque larron
Qui eût commis chez lui ce triste brigandage,
Et que l'on sût dès lors, d'un raisonnement prompt,
Tout ce qu'avaient caché ses précautions sages.
De plus, il ne pouvait se plaindre de l'affront,
Et dut se consoler, tout seul, avec courage.
C'est ainsi qu'il passait son temps dans mille peines,
Mais je vais maintenant écrire un peu sur Vienne.

Elle était désormais quelque peu égayée
Et sentait en son cœur moins forte la douleur
Puisque Paris était revenu au foyer,
Qu'il était beau, qu'il était vif et plein d'ardeur.
Pourtant elle observait, pourtant elle voyait,
Qu'il était malheureux, que lui pesait le cœur
Et que cela était causé par son amour,
Et par ses chers objets, égarés pour toujours.

Une nuit elle dit ces mots à Isabelle :
« Chère sœur bien-aimée, donne-moi ton avis :
Tu sais qu'à ma santé Paris est essentiel,
Que sans lui, pour mon cœur, il n'est point de survie.
Aussi ai-je trouvé l'aide providentielle,
Espérant qu'un succès couronne mon envie :
De l'évêque je veux faire la connaissance,
Il se peut que cela puisse tourner ma chance.

Je veux faire savoir par son intermédiaire,
À Paris que je sens pour lui de la passion,
Lui expliquer pourquoi j'ai gardé ses affaires,
Pour qu'il ne souffre plus de leur disparition. »
Isabelle lui dit : « Oui, nous pouvons le faire. »
Et après quelques jours voués aux réflexions,
Vienne à sa mère alla rendre bientôt visite :
Elle vint bavarder plusieurs heures de suite.

Soudain fut introduit dans la conversation
Le sujet attendu : « Chère maman, écoute,
Tu sais bien que je vis avec trop de passions,
Je commets, en cela, bien des péchés sans doute.
À mon mal je ne vois plus qu'une solution,
Pour venir au secours de mon âme en déroute :
Connaître un pieux vieillard pourrait me convenir,
Qui puisse m'enseigner à savoir me tenir.

Sur l'évêque on m'a dit des choses peu communes,
On dit que c'est un saint, qu'il est pieux et âgé.
Aussi, chère maman, si le veut la fortune,
D'entendre son sermon j'ai conçu le projet. »
Sa mère répondit : « Bien ! De deux choses l'une,
Soit tu te rends chez lui, soit il vient t'obliger.
Béni soit le Seigneur, qui a créé le ciel,
Pour avoir éveillé ton cœur à l'essentiel. »

À peine lui eut-on demandé de venir,
Que l'évêque à dos d'âne accourut ventre à terre.
Il vint rapidement, comme on fait, sans mot dire,
Quand un roi respecté nous invite à le faire.
Vienne alors s'inclina devant lui sans faillir
Aux règles de la cour et aux bonnes manières.
Sa mère les laissa dans la chambre de Vienne.
C'est pour se confesser, pensait-elle sereine.

Ce jour, en vérité, Vienne agit à merveille,
Comme on l'attend d'une pucelle honnête et sainte,
Ne lui dit sur Paris pas un mot à l'oreille,
Et baissait son regard plein de modestie feinte.
Mais elle le pria, elle ordonna qu'il veille
À revenir chez elle sans la moindre contrainte.
Il le promit sans peine et le fit avec zèle,
Car il était friand de belles demoiselles.

Or, ce comportement était un sédatif,
Pour rendre le vieillard flexible à ses attentes.
À la fin il venait chez elle sans motif,
Et nul ne se posait plus de questions gênantes.
Lorsqu'enfin fut venu le moment décisif,
Jugeant ne plus avoir à être défiante,
Elle dit : « J'ai connu, mon père, en vous un saint.
De vous dire un péché, j'ai conçu le dessein.

Ce qui est arrivé, je vais vous le narrer :
Je suis entrée, il y a peu, en possession
D'excellents ornements à la frise dorée,
De précieux joyaux, de haute estimation.
Or j'ai su que Paris les avait égarés,
Qu'on les avait volés chez lui par effraction.
J'aimerais à la fois en décharger mon âme.
Et réparer le mal de cette action infâme.

Je souhaiterais donc lui remettre ces choses.
Mais je veux m'en charger tout personnellement.
Emmenez-le demain au lieu que je propose,
Celui dont je vous montre ici l'emplacement.
Quand vous serez venu comme je vous l'expose,
Je parlerai moi-même avec lui, dignement.
Mais ne me nommez pas, en aucune manière,
Avant de le mener au lieu que je suggère. »

L'évêque à ces propos donna grande importance,
Et parla à Paris dès qu'il put l'aboucher :
« Quand on perd un objet on accuse à outrance,
Et l'on condamne à tort : c'est un profond péché.
Quelqu'un s'est confessé, ce jour, en ma présence :
Cette femme a voulu que son nom fût caché.
Elle a les ornements qui t'ont été volés.
Vraiment, tu ne peux pas deviner qui elle est !

Ces choses maintenant vont t'être retournées
Car la dame en question à parler s'enhardit,
Et dès demain matin, quand poindra la journée,
Nous nous présenterons au lieu qu'elle m'a dit. »
Paris pensait tantôt qu'il était condamné,
Tantôt il lui semblait toucher au paradis.
L'intuition lui donnait d'un prompt bonheur l'espoir,
Mais son cœur battait fort puisqu'il n'y pouvait croire.

À peine avait pointé le jour de l'entrevue,
Qu'ils coururent bien vite, aux instructions fidèles,
Et ils trouvèrent Vienne où ils avaient prévu :
Seule l'accompagnait sa nourrice Isabelle.
Paris s'effraya tant à cette chère vue,
Qu'il ne put dire une parole en face d'elle.
La jeune femme fit un bref salut d'abord,
Paris, d'une voix douce, y répondit alors.

Mais de timidité, de joie et de frayeur,
La parole l'avait entièrement quitté,
Jusqu'à ce qu'elle eût prit sa main avec douceur,
Et qu'elle l'eût conduit dans un angle écarté.
J'ai trop déblatéré, je suis pris de torpeur !
Je vous dis au revoir car je suis éreinté !
Suivre ces quatre-là, vous vous y disposiez ?
Attendez que j'aie pu me rincer le gosier !

*Ici s'achève le quatrième chant.*

## Que Dieu me donne raison et entendement Pour composer le cinquième chant.

Que nul n'ait trop d'orgueil ni trop d'outrecuidance,
Lorsque tous ses efforts connaissent le succès.
Si fleurissent un temps ses biens et ses finances,
Qu'il n'abaisse donc pas autrui dans ses excès !
Il arrive souvent qu'agissant sans prudence,
L'homme voie son bonheur en morceaux se casser.
Quand la fortune tourne et manque à ses affaires,
Il est précipité jusqu'au fond de l'enfer.

De la même façon, mais dans le sens inverse,
Nul homme ne soit donc trop tôt découragé.
Si l'infortune à flots contre lui se déverse,
C'est contre ses péchés qu'il lui faut s'insurger !
Et qu'il espère en Dieu dans la fortune adverse,
Qu'il supporte avec cœur de se voir affliger !
Car en très peu de temps, si le souhaite Dieu,
Il sera élevé du fumier jusqu'aux cieux.

Considérez Paris, le garçon sans défense !
Voyez s'il a souffert grand nombre de malheurs !
Vous avez vu comment elle occupait ses sens,
Celle qui gravement lui déchirait le cœur
Et qu'il avait été frappé avec violence,
Par l'emprunt qu'elle avait commis en sa demeure.
Maintenant en un jour et en une heure à peine,
Il a retrouvé tout ce qui causait sa peine.

Et vous avez bien vu que là-bas, sans attendre,
Vienne l'a attiré dans un angle écarté
Afin que l'évêque eût de la peine à l'entendre.
Mais il montrait bien peu de curiosité.
Elle se mit alors à dire des mots tendres
À Paris bâillonné par la timidité.
Et sans perdre de temps, elle en vint à lui dire
Pourquoi elle l'avait fait envoyer quérir.

Elle ne souhaitait pas encore révéler
Comme il l'avait blessée jusqu'au fond de son cœur,
Mais dit que chez son père elle avait pu aller,
Quand ce dernier était en proie à des douleurs.
Elle expliqua comment elle l'avait volé,
Où elle avait trouvé les affaires qu'il pleure,
Comment elle emporta tout cela prestement,
C'était alors sa joie, maintenant son tourment.

« Je ne supporte plus de demeurer ainsi :
Ce crime ne peut plus alourdir ma conscience.
Je ne les ai pas pris avec moi jusqu'ici,
Sinon je t'aurais tout rendu en grande urgence. »
Paris était ravi à ces mots comme si
Elle lui insufflait une neuve existence.
Il la remercia d'un ton très déférent
D'avoir rendu visite à son père souffrant.

« Au sujet des objets, répondit-il à Vienne,
Conservez-les donc tous avec ma permission,
Ma rage brûla fort lorsque j'eus cette peine,
Vous pouvez bien le croire, et sans hésitation !
Mais il ne se peut pas que ma joie fût plus pleine,
Puisque tout est venu en votre possession.
Ma douleur a été encore plus amère
Du fait qu'un étranger me les avait offerts. »

Lorsque la noble femme entendit ce discours
Et vit qu'il ne voulait toujours rien dévoiler,
Elle mit de côté la honte et les détours
Et, d'une douce voix, se mit à lui parler :
« Je sais que toi aussi te consumes d'amour
Et que depuis longtemps tu l'as dissimulé,
Ne te cache donc plus ô mon ami sincère,
Découvre-moi ton cœur d'une voix forte et claire !

Dis-le, que le Seigneur t'emplisse de bonheur,
Et qu'il en fasse autant pour ton père et ta mère,
Que Dieu par ton aimée égaye ton humeur,
Dis-le-moi donc enfin, toi mon âme si chère!
Si tu dis en détail ce qui peine ton cœur,
Tu te rendras la vie pour toujours plus légère.
Dis-moi, as-tu été celui qui autrefois,
Au son de doux accords m'endormit bien des fois?

Es-tu vraiment celui qui remporta l'écu,
Tout de blanc recouvert, même cheval et lance,
Celui qui à Paris en mon nom a vaincu,
Et sauvé mon honneur en montrant sa puissance?
Le monde entier est plein du bruit de tes vertus,
Quoique dissimulées avec trop d'insistance.
C'est toi! Si tu dis "non" tu ne fais que mentir,
Car tes objets sont là pour me le garantir.»

Quiconque a déjà vu un homme abasourdi,
Lorsque frappe l'éclair et gronde le tonnerre,
Qu'il vienne et voie Paris à ces mots étourdi :
Il fut paralysé de semblable manière.
Quand en fin de discours elle lui eut tout dit,
Quand il vit découvert le fin mot de l'affaire,
Son cœur, sans plus tarder, se mit à s'attendrir :
«Cela n'a plus de sens, dit-il, de démentir.»

Il se tourna vers elle en ces mots : « Noble aimée,
Je vous en prie, pourtant, pardonnez mon offense,
Je connais mon erreur et peux même affirmer
Que j'aurais bien dû fuir pareille dépendance.
Mais c'est l'aveugle amour qui m'y a enfermé,
J'ai, à cause de lui, commis la faute immense.
Je ne mérite pas de laver vos chaussures,
C'est pourquoi, j'ai caché cette mésaventure.

Et personne aujourd'hui ne connaît mon amour,
À part Odoardo, qui fut mon confident.
Autrement, il resta à l'abri du grand jour,
Dans mon cœur qu'il brûlait comme charbons ardents.
Puisque vous le savez maintenant sans recours,
Je veux bien vous livrer cet aveu imprudent :
Tout cela est bien vrai, et même plus encore,
Pardonnez, je vous prie, ma folie et mon tort.

Et veuillez seulement me prendre pour esclave,
C'est tout ce que pour vous je souhaiterais être. »
« Il serait juste en fait, dit Vienne sans entraves,
Que tu sois bien plutôt mon seigneur et mon maître. »
Elle lui répondit par ces mots courts et graves,
Alors qu'elle eût voulu davantage transmettre.
Mais le temps et les lieux étaient trop dangereux.
Ils épargnaient aussi l'évêque généreux.

Elle lui dit enfin : « Ma force, ma puissance,
Toi, mon sang et ma chair, toi, mon amant précieux,
Va-t'en d'ici, mon cœur, suis ton chemin et pense
À revenir me voir au jour dit en tel lieu ! »
Fut fixé un endroit de grande convenance,
Ni avant, ni après, on n'eût pu trouver mieux.
Dans un sous-sol profond à côté d'un grillage
Afin que les parents n'en sussent point l'usage.

Chacun se mit en route alors de son côté,
Odoardo bientôt fut rejoint par Paris
Qui, sans perdre de temps, se mit à raconter
Tout ce qu'ils avaient fait et avaient entrepris.
L'ami en ressentit une grande gaieté,
Tant ils étaient liés par l'âme et par l'esprit.
Paris lui rappela d'une voix forte et sûre,
Qu'il s'était obligé à l'aider d'un cœur pur.

Odoardo promit et il tint sans remords,
Sa bonne compagnie fut toujours profitable,
Depuis longtemps déjà, ils s'appréciaient si fort :
Chaque jour s'accroissait l'amitié véritable.
Et s'ils avaient été issus d'un même corps,
Ils n'auraient pu montrer d'amour plus admirable.
Quand le besoin venait, ses conseils étaient siens,
Il était toujours prêt à l'aider corps et biens.

Vienne se comportait de la même manière,
À l'égard d'Isabelle, excellente nourrice.
Jamais on ne connut d'amitié plus sincère,
Rien ne pouvait jamais séparer les complices.
Si Vienne prononçait trois paroles en l'air,
Deux étaient le doux nom qui faisait ses délices.
Mais quand quelqu'un nommait Paris spontanément,
C'était le paradis que ce doux sentiment!

Paris se rendit donc au rendez-vous précis,
Qu'elle avait bien pris soin de fixer à l'avance.
Il était si secret, et si discret aussi,
Que personne ne put soupçonner sa présence.
Il y revint souvent sans le moindre souci,
Chaque fois qu'il voulait s'en donner la jouissance.
C'était toute sa joie, c'était tout son plaisir,
Avec son tendre amour, de s'y entretenir.

En ce lieu, tous les mots qu'ils souhaitaient se dire,
Ils se les accordaient l'un à l'autre avec grâce.
Sans le moindre embarras, sans plus se retenir :
Ils avaient désormais enfin brisé la glace.
Il lui racontait donc avec un vif plaisir
Comment il combattit pour elle avec audace,
Et comment il souffrit de la crainte cruelle
De se voir débiter en petites parcelles.

Elle conta aussi sa partie de l'histoire,
Elle dit sa passion, elle dit sa langueur :
Comme elle avait noué ce doux lien sans espoir,
Qui toujours en son sein lui tourmentait le cœur.
Qu'elle pût à la fin guérir du désespoir,
Elle n'aurait pas cru qu'en viendrait jamais l'heure.
Elle louait donc Dieu de lui avoir appris,
Que son libérateur était le beau Paris.

Ils se rendaient souvent au lieu de leur bonheur,
Où ils pouvaient tous deux longtemps s'entretenir,
Chaque mot leur venait du plus profond du cœur.
Et ils se délectaient de pouvoir tout se dire.
La volupté, la joie qu'ils trouvaient en ces heures,
Quel argent et quels biens pourraient y subvenir ?
Cette passion si douce et cet amour sublime,
Avec l'espoir de jouir d'un désir légitime !

Les paroles de miel, les gestes précieux,
Je ne les dirai pas dans leur totalité,
Car quand je me souviens des biens délicieux,
Je ne peux que pleurer sur ma fatalité !
Ayant donné mon âme et mon cœur soucieux,
Je ne reçus pas même un « merci » mérité !
C'est pourquoi je m'en vais parler du vilain sort,
Puisque seul le malheur me porte réconfort.

Je laisse de côté les doux événements,
Écoutez, je vous prie, l'action se dégrader !
Pendant trois mois entiers, ou bien plus longuement,
Les deux nobles amants ont beaucoup bavardé
Mais Paris vint un jour à savoir brusquement
D'un comte, qui n'avait point de nuire l'idée,
Que le roi s'affairait et voulait à tout prix
Lier le sort de Vienne à celui d'un mari.

Lorsque le bon jeune homme entendit cette histoire,
Cela fut comme un coup de couteau ravageur.
Et il pensa : « Hélas ! Je pouvais bien prévoir,
Et craindre cette épreuve, en voici venue l'heure ! »
Quant à moi, je n'ai pas la moindre peine à croire
Que ces paroles-là aient transpercé son cœur.
Il pleura sans arrêt, chaque jour de plus belle,
Jusqu'à ce qu'il vît Vienne et lui dît la nouvelle.

L'honnête chevalier la lui raconta toute
En maintenant la tête inclinée vers la terre.
« Mon doux ami, dit-elle, écarte donc ces doutes :
Si je manque à ma foi, que Dieu me soit sévère !
Je sais qu'on ne fait pas l'union que tu redoutes,
J'aurais été, au moins, consultée par mon père.
Et que je meure enfin d'une façon brutale,
Si mon corps et mes os toléraient un tel mal !

Je ne répondrai "oui" à personne jamais
Sinon à toi, mon cher, mon valeureux seigneur ! »
Paris se sentait bien plus heureux désormais
Qu'il l'avait vue montrer tant d'audace et d'ardeur.
Cependant, il ne put s'empêcher d'affirmer :
« Vous avez toujours eu les souhaits les meilleurs.
Mais votre volonté ne peut me satisfaire,
Quand j'observe les mœurs qui régissent la terre.

Je ne suis, par malheur, qu'un pauvre chevalier,
Vous êtes née d'un roi aux multiples splendeurs.
Comment peut-on dès lors espérer relier
Un seuil aussi modeste à une telle hauteur ?
Je vois très clair, hélas, et ne peux oublier
Que vous convolerez avec un grand seigneur.
Je ne demande enfin ni moins ni davantage,
Que d'être un serviteur au sein de ce ménage. »

Alors, la jeune fille à ce discours pâlit :
« Tu n'as, répondit-elle, en moi nulle confiance.
Tu penses donc selon le proverbe établi :
Que parole de femme offre peu d'assurance.
Je ne briserai pas le serment qui nous lie,
Et jamais sur ce point ne ferai repentance.
Si je n'espérais pas le soutien de mon père,
Je tournerais cela de toute autre manière. »

Paris ne voulut pas répondre à sa colère :
Il craignait à présent de pouvoir la blesser.
« Jusqu'à l'heure, dit-il, où je serai poussière,
Ordonnez librement à l'amour empressé ! »
Avec bien des soupirs et des plaintes amères,
Ils se quittèrent là sur ces tristes pensées.
Et Vienne lui cria quand il fut éloigné
Au moindre nouveau fait d'en venir témoigner.

Il suivit donc sa route et s'en fut consulter
Son compagnon fidèle avec grande tristesse.
Car il voulait savoir quel chemin emprunter
Pour sortir dignement de pareille détresse.
Peu de temps s'écoula, cinq, six jours agités,
Avant que l'on apprît la nouvelle traîtresse :
Le roi avait promis sa fille et son alliance
À un riche seigneur, fils du duc de Mayence.

Le bruit s'en répandit de si vive manière,
Qu'aux oreilles de Vienne il vint directement.
Plus que bile et que fiel, cela lui fut amer,
Et l'emplit de douleur, de rage et de tourments.
Paris se fit discret comme il savait le faire,
Et s'en vint auprès d'elle, égaré et dément,
Jusqu'à ce qu'en ces mots, Vienne enfin le console :
« Mon âme, il n'est pas bon que ces choses t'affolent !

C'est à présent qu'il faut me prouver ta valeur
En trouvant une issue par ton intelligence. »
« L'affaire est trop ardue, dit-il avec aigreur,
Pour y trouver remède à l'aide du bon sens.
Si on laissait l'épée décider de l'honneur,
Cela satisferait toutes mes espérances.
Ma force conquerrait l'accord de votre père,
Ou bien la mort viendrait me sortir de misère.

Je ne vois rien à faire après un tel malheur,
Que de vouer ma vie aux lamentations,
Et que de vous laisser satisfaire à l'honneur,
Comme longtemps j'en eus la prémonition. »
« Non, non, dit-elle alors, mon ami, mon cher cœur,
Je n'accepterai pas pareille inaction :
On ne peut tout avoir au moyen de l'épée,
Mais l'homme à tout, sauf au trépas, peut échapper.

Si tu veux donc agir comme je le souhaite,
Que cela te soit simple, ou te soit malaisé,
Alors j'ai bon espoir, à jurer je suis prête,
Qu'à la fin nous saurons atteindre nos visées.
Écoute : je sais bien que mon père est honnête.
Quand mon désir par quelque chose est attisé,
S'il apprend seulement que j'aimerais l'avoir,
Il l'accorde toujours de tout son bon vouloir.

Voici mon exigence et voici ma prière :
Il ne faut pas te résigner à l'avenir.
Tâche de réfléchir à ce que l'on peut faire
Pour que l'union prévue ne pût pas advenir,
Pour avoir le moyen d'en parler à mon père,
Et qu'il me fît ta femme en suivant nos désirs.
Ton père ici serait notre allié le meilleur,
Car il est au château, le plus aimé seigneur.

Je sais bien que mon père a pour lui de l'amour,
Et ne le ferait pas rougir de sa visite.
Si les événements prenaient un mauvais tour,
Nous chercherions ailleurs l'espoir de réussite.
Concentre tes efforts, je t'en prie, dès ce jour,
Pour obtenir de lui une réponse vite.
Car en un seul instant on peut se voir privé,
De ce qu'en trois, quatre ans on ne peut retrouver. »

Paris, après ces mots, poussa un long soupir,
Prévoyant quel serait le triste dénouement.
Et lui promit pourtant de tout bien accomplir :
La passion lui causait un tel aveuglement !
Il se mordit la lèvre en craignant de gémir
Et, sans perdre un instant, rentra très promptement.
Cette nuit fut remplie de soupirs, d'inquiétude,
Le matin le surprit dans la même attitude.

Alors il accourut près du lit de son père.
Dans ses yeux on lisait peur et timidité
Et c'est ainsi qu'il l'implora : « Père très cher,
Tu as toute ta vie suivi mes volontés,
C'est pourquoi j'aimerais te faire une prière
Que je ne veux en aucun cas voir rejetée.
Promets-moi maintenant que tu vas m'obliger
Sans quoi je ne pourrai de toi rien exiger. »

Il lui fit écouter de longs préliminaires,
Priant qu'il pardonnât sa grande impolitesse,
Et ajouta encore à ces beaux commentaires
Le vœu qu'au désespoir son père ne le laisse.
Celui-ci dit alors : « Parle donc sans mystères !
Car sur ma propre vie je te fais la promesse
Que tout ce qu'un parent doit faire pour son fils,
Je le ferai bien sûr pour autant que je puisse ! »

Paris à cet instant n'eut plus nulle patience
Et, le cœur déchiré par ce qu'il allait dire,
Il parla de l'amour qui causait sa souffrance,
Et pour Vienne il dit tout ce qu'il eut à languir,
Expliquant que ceci avait causé l'absence,
Dont sa vie à la cour avait eu à souffrir.
Il dit tous ses secrets au malheureux vieux père
Jusqu'au point où étaient demeurées ses affaires.

Et la conclusion de ce nouveau récit
Fut qu'il lui présenta la requête soudaine :
Qu'il voulût consulter le roi dans le souci
De voir s'il voudrait bien qu'il prît pour femme Vienne.
Quand le vieillard malade entendit ces mots-ci,
Il désira mourir tant il en eut de peine.
« Mon cher fils, lui dit-il, que Dieu grâce nous prête !
J'ai bien peur que tu n'aies vraiment perdu la tête !

Hélas où sont passés ta raison, ton bon sens ?
Es-tu conscient de tes propos en ce moment ?
Penses-tu que le roi te donnerait licence,
D'épouser son enfant aussi facilement ?
Si la moitié de Vienne était ma récompense,
Je n'oserais pas plus briguer ce sacrement.
Si le roi m'entendait dire ces mots odieux,
Je n'aurais plus le droit de paraître à ses yeux.

C'est pourquoi, toi, mon fils, qui m'es fidèle et cher.
Dis quelque autre façon pour moi de t'obliger :
Je ferai volontiers tout ce que je peux faire
Mais de cette mission je ne peux me charger. »
« Je vois en cet instant, dit Paris à son père,
Que mon amour pour toi te semble bien léger.
Je ne m'attendais pas à être rabroué
Car j'ai toujours été ton enfant dévoué.

Je sais tout comme toi, j'en ai bien conscience,
Que cet acte te semble être une indignité ;
Mais je m'y vois contraint, je n'ai pas d'autre chance,
J'ai tendu le bâton pour m'en faire frotter.
Si tu ne le fais pas, je n'ai plus d'espérance,
N'attends plus de ma part un seul jour de gaieté !
Je fais, père estimé, la demande impérieuse
De ne pas me priver de ton aide précieuse.

Donne-moi ton secours, fais-moi cette faveur,
Exauce le souhait qu'à nouveau je t'adresse !
Est-ce ton propre fils, si proche de ton cœur,
Que tu veux achever de tes mains vengeresses ? »
Se lamentant ainsi, il versa tant de pleurs,
Que son père changea d'avis à son adresse.
Voyant son fils souffrir, cela lui fut trop dur,
Un père s'apitoie sur sa progéniture.

« Si tu veux, lui dit-il, faire cette imprudence,
J'accepte d'y risquer ma vie et mes richesses
Même si notre cause est entendue d'avance,
Pourvu que je me trompe, en l'assurant sans cesse ! »
« Il s'agit, dit Paris, uniquement je pense,
De retirer de mon esprit cette faiblesse,
Et de répondre encore aux demandes de Vienne,
En me prouvant ainsi ton affection ancienne. »

La conscience assombrie par sa triste entreprise,
Quand il jugea enfin qu'était venu le temps,
Le père fit au roi la visite promise.
De loin, il s'inclina tout en se présentant.
On lui fit un accueil plein d'une grâce exquise,
Le roi voulut l'asseoir près de lui à l'instant.
« Non, lui dit le vieillard, je ne m'assiérai point,
Je veux vous avouer ma folie de plus loin.

Mais je veux tout d'abord vous prier instamment,
J'en ai les yeux mouillés, j'en ai le cœur brisé,
De ne pas vous vexer de mon égarement,
Si je vous déplaisais par mes billevesées.
Je vous suis, mon seigneur, lié étroitement,
Aussi j'ose exprimer la chose malaisée :
Je le dis mais je sais – que m'emporte la peste !
Qu'on ne peut l'obtenir, ni le vouloir du reste.

Je sais parfaitement qu'on ne peut le vouloir,
Mais je me vois forcé à venir vous parler,
Pour l'amour de Paris, mon fils, mon seul espoir,
Pour la folie enfin du jeune écervelé. »
Le vieillard soupirait et faisait peine à voir,
La langue lui pesait, il était essoufflé.
Le roi lui répondit : « Parle donc cette fois,
Car tu as mon pardon, ne crains rien, sur ma foi ! »

À l'entrée du discours, il fit tout un portique
Que je n'ai pas envie ici de retranscrire.
Telle était son angoisse, telle était sa panique
Qu'il avait sur ses pieds bien du mal à tenir.
Il s'en vint à la fin au corps de la supplique
Et parla en ces mots : « Pour femme je désire
Associer votre enfant, belle, honnête et sensible,
À Paris, mon cher fils, s'il vous était possible. »

Il aurait poursuivi encore son discours
Bien que sa voix tremblât d'une forte émotion,
Mais le roi sans attendre à ses mots coupa court :
La fureur l'avait mis en grande ébullition.
On croyait voir un feu lui brûler tout autour,
Ce n'était pas, ma foi, une simple illusion :
« Si je n'avais, dit-il, donné là ma parole,
Je te ferais payer cette demande folle !

Toi, fripon éhonté et indigne vaurien,
Comment as-tu osé te présenter ici ?
Tu ne mérites pas, non, tu n'es digne en rien,
De venir à mes pieds te prosterner ainsi !
Mon trône et ma couronne à eux seuls valent bien,
Les terrains et les serfs qui sont à ta merci.
Égales-tu ton fils et son château minable,
À ma fille dotée d'un royaume admirable ? »

Il lui lava ainsi la tête sans lessive,
Ma foi, c'est qu'il avait le cœur fort irrité !
La cause principale à sa rage excessive
Était qu'il le voyait plus pauvre qu'il n'était.
Je ne veux pas chanter toutes ses invectives,
J'ai maintenant pitié du vieil homme insulté.
Aussi vais-je en ce point laisser cette section.
Venez plus tard ouïr la suite de l'action.

*Fin de la cinquième partie.*

## Je t'en prie, Dieu, éveille mon talent Tandis que je ferai le sixième chant.

Maudits soient à jamais l'argent, les biens qu'il donne,
Et l'homme qui leur voue un culte détestable.
De jour comme de nuit, le repos l'abandonne.
Parfois honnêtement, souvent d'un vol pendable,
En vendant chair et sang de sa propre personne,
Il prétend obtenir un trésor admirable.
C'est donner soufre au feu : le diable s'en empare,
Et l'emporte aussitôt qu'un bon vent le brouillard.

Quelqu'un veut-il donner à sa fille un mari,
Ou trouver à ses fils des femmes méritantes ?
On s'enquiert peu s'il a soit talent soit esprit,
S'il écrit, s'il apprend quelque chose savante :
L'appétit est tenté par l'argent, à tout prix,
Fût-il un maître-ânier, on ne voit que la rente.
Un manchot, un bouffon, un nain, un demeuré :
Pourvu qu'il ait du bien, on veut s'en emparer.

Va chercher une femme ou bien un prétendant,
Et prie que l'on te donne un conseil délicat,
La première question qu'on fait te répondant :
« A-t-il donc de l'argent, a-t-elle des ducats ? »
On ne demande pas s'il est sensé, prudent,
De bonté, de noblesse on ne fait aucun cas.
L'argent fait oublier ses défauts et ses tares,
Fût-il un fils de rien, un ignoble bâtard.

## CHANT 6

Voyez quand l'homme pauvre a une imperfection
Qu'elle touche lui-même ou bien tout son lignage,
Qu'elle soit le défaut d'autres générations :
Il en subit, le pauvre !, également l'outrage.
Le nom de sa famille entache ses actions.
Aucun éloge, aucun bienfait, ne l'en soulage.
Si la faille du riche est trois fois plus béante,
La vergogne n'est rien, la fortune importante.

C'est ainsi qu'un vieillard possède dans ce monde
Ce qu'un homme plus jeune aurait mieux mérité.
Pour l'unique raison que sa fortune est ronde,
Il peut prendre de force une jeune beauté.
Elle a froid près de lui la nuit chaque seconde,
Elle reste affamée collée à son côté.
Nos sages en ont donc interdit la pratique.
Marier jeunes et vieux n'est jamais bénéfique.

Mais l'argent rend aveugle en dépit des requêtes.
Il n'a pas de vergogne et s'obstine toujours,
Et nul ne se souvient que comme une tempête
Le malheur s'en saisit tôt ou tard sans retour.
Tout l'or, tous les diamants quittent soudain la fête,
Demeure l'animal, nu comme au premier jour.
On ne se remet pas du destin que j'ai dit.
Et l'on répète en vain : « Je possédais jadis ! »

L'argent reste pourtant le souci principal.
Et personne ne veut réfléchir autrement.
Ici, le bon Dauphin fut peu original,
Paris n'obtint de lui aucun contentement.
J'ai laissé le vieillard près du roi dans la salle :
Il criait et je crois qu'il crie continûment.
Je ne décrirai pas tant j'en ai de douleur,
Comment il expulsa le vieux de sa demeure.

Ce sont des vilains mots qu'il lui dit en substance,
Et il conclut ainsi au fort de la fureur :
« Garde-toi bien que toi ou que ta piètre engeance,
Se présente à mes yeux à compter de cette heure ! »
Le pauvre homme s'enfuit, si frotté d'importance,
Qu'il semblait assommé par quelque coup vengeur.
Il s'en revint chez lui navré de la querelle,
Et transmit à son fils les mauvaises nouvelles.

Paris fut effrayé quand il eut sa réponse,
Et il ne tarda pas à la transmettre à Vienne.
De repos ou de paix, elle n'eut plus une once,
Puisqu'on avait frustré sa passion souveraine.
Elle voulut sonder son père à cette annonce,
Et se rendit chez lui, en visite soudaine.
Le roi la reconnut pour son plus grand bonheur,
Il dit : « Apprends l'éclat qui eut lieu tout à l'heure.

Paris a envoyé auprès de moi son père,
Je ne croyais avoir de meilleur serviteur.
Il voulait que tu sois son épouse sur terre :
Tu t'imagines bien quelle fut ma fureur !
La réponse que j'ai donnée à ses prières
Va transformer sa vie en constante douleur.
Plutôt que de t'offrir à ce pauvre sujet,
Je préfère à jamais sous mon toit t'héberger.

Mais tu ne languiras pas longtemps davantage
Car je vais te donner à quelque riche amant. »
Vienne n'eut pas de mal à saisir le message,
Mais ne souhaita pas dévoiler ses tourments.
Elle le salua courant cacher sa rage,
Et murmura, en s'éloignant, secrètement :
« Plutôt que d'accepter, je me pendrais encore !
Yéhouda et son coq ne seront pas d'accord ! »

## CHANT 6

Elle alla se confier à sa chère nourrice,
Et lui fit écouter les paroles suivantes :
« Mon père a maintenant conçu tant d'injustice,
Qu'il veut me sacrifier à quelqu'un pour sa rente.
Et il veut voir Paris emmené au supplice ;
Je ne peux, tu comprends, rester toujours patiente !
Car c'est lui que je veux et point d'autre seigneur,
Fût-il de Flandre roi, de Hollande ou d'ailleurs.

Voici ce que je veux tout de suite entreprendre :
Je veux avec Paris lier mon existence,
Et qu'il soit mon mari, ce garçon bon et tendre,
Et que je sois sa femme : il n'est point d'autre chance
Pour que les prétendants n'espèrent plus me prendre.
Mon père ne va pas m'écarteler, je pense !
Quand il viendra alors enfin à le savoir,
Il devra accepter sans faire plus d'histoires. »

« Que racontes-tu là ? répondit Isabelle,
Veux-tu à tes parents faire une telle honte,
Et condamner ainsi de tes mains sans appel,
Toi, moi et ton ami, Paris, au bout du compte ?
Y a-t-il tant de trouble en ta faible cervelle,
Qu'à céder au désir elle soit aussi prompte ?
Ce court projet a bien des ramifications !
Non, non, tu n'auras pas ma recommandation ! »

Ayant ouï ces mots, la noble jeune femme,
Répondit sur-le-champ : « Est-ce là ton secours
Et ta consolation aux douleurs de mon âme ?
Hélas, veux-tu aussi trahir tout mon amour ?
Du fourreau je m'en vais retirer une lame,
Et m'en vais poignarder de douleur en ce jour.
Lorsque je serai morte, allongée dans tes bras,
C'est bien un peu trop tard que tu t'apitoieras ! »

Elle lui adressa force supplications,
Qui eussent apaisé toute femme en colère.
Puis, elle lui promit bien des compensations,
Et pour toute la vie une amitié sincère.
Celle-là renonça à sa résolution.
(Les femmes sont, ma foi, volages et légères !)
Dès lors, la bonne amie jura qu'elle serait
Secourable à toute heure, où elle le voudrait.

Isabelle en effet finit par ajouter :
« Satisfais librement aux souhaits de ton cœur.
Quant à moi, je serai toujours à tes côtés,
Dussé-je succomber s'il t'arrivait malheur. »
Sur ce, Paris devait aller se présenter
Au lieu de rendez-vous une nuit à quatre heures.
Ils faisaient la rencontre à cette heure insolite :
De jour, il ne pouvait risquer une visite.

C'est qu'il avait ouï répéter entre-temps
Que le roi essayait en secret de lui nuire,
Qu'il était, en son sein, toujours plus mécontent,
La rage ayant sur lui chaque jour plus d'empire.
Paris se disait donc : « Parbleu, le roi attend
Sans doute une occasion de pouvoir me détruire.
Il a fait à mon père un grand nombre d'offenses.
Qu'il est laid d'insulter au pied de la potence ! »

Il allait chaque jour chercher de bons avis
Auprès d'Odoardo son compagnon habile.
Finalement, voici le conseil qu'il suivit :
Il devait un moment se montrer plus tranquille,
Et partir de ce fief pour demeurer en vie
Le temps que durerait la colère sénile.
Même si dans son cœur il souffrait mille flammes,
Il voulut dire adieu à sa chère et douce âme.

C'est ainsi qu'il s'en vint la nuit avec prudence,
Fidèle au rendez-vous qu'ils avaient arrêté,
Et dit à son aimée : « Ma force, ma puissance,
Il me faut m'éloigner contre ma volonté.
Ton père est en fureur, j'en ai vu l'évidence :
C'est pourquoi il me faut calmer sa cruauté.
Je me mets en chemin et te donne mon cœur
Souviens-toi quelquefois de ton bon serviteur.

Je veux te supplier encore davantage :
D'écrire s'il te plaît un mot de temps en temps.
D'aller trop loin de toi, je n'ai pas le courage,
Cela durera peu, je l'espère en partant. »
« Non, non, c'est bien trop dur, dit Vienne avec ombrage,
Je ne veux demeurer en ces lieux plus longtemps.
Je préfère connaître une ruine subite
Plutôt que te laisser tout seul prendre la fuite.

Si tu veux t'en aller, alors je viens aussi,
Même si tu partais jusqu'au bout de la terre.
Mais je veux avant tout te demander ceci,
Il faudra accéder à deux de mes prières :
Tu n'abandonneras pas Isabelle aux soucis,
Tu dois récompenser son amitié sincère.
Et puis à mon honneur tu ne toucheras point
Avant de m'épouser dans quelque endroit, au loin.

Je veux que toi et moi dans ces conditions
Nous nous fiancions. C'est ce que veut mon cœur.
Quand s'améliorera la situation,
Nous nous marierons dans la joie, le bonheur.
Si tu veux faire ainsi, prends tes précautions :
À pareille entreprise on veille avec rigueur.
Commande les chevaux, arrange nos projets,
Et puis nous partirons ensemble voyager. »

Paris était heureux de ces mots admirables,
Même s'il concevait du danger l'importance :
« Mon cœur, répondit-il, mon amour véritable,
Comment te remercier de tant de bienveillance ?
Ce que tu dis, je le ferai, je m'en sens responsable,
Et n'épargnerai rien, ni effort ni souffrances. »
Ils célébrèrent donc là-bas leurs fiançailles.
Et Paris lui promit tout le reste en détail.

Il alla sans détour trouver un serviteur
À qui il aurait pu se confier âme et corps.
Lui donna une bourse ayant grande valeur,
Et promit qu'il aurait plein de choses encore :
« Un ennemi, dit-il, m'a surpris tout à l'heure,
J'ai vu rôder cet homme et il me veut du tort.
Mais je sais bien que tu ne me trahiras pas
Et t'avoue que je vais le tuer de ce pas.

Puis je veux m'éloigner au-delà de la mer,
Quand je l'aurai rossé aussi fort qu'il mérite.
Mets-toi donc en chemin, attentif à tout faire,
Les coûts importent peu, règle-les tout de suite !
Commande le logis pour le trajet sur terre,
Et trois, quatre chevaux tout au long de la fuite.
Et loue-moi un bateau qui m'attende, accosté,
Pour qu'à peine arrivé je vogue en sûreté. »

Il s'appelait Grégol, le serviteur fidèle.
Sitôt que de son maître il reçut la prière,
Il se mit en chemin, en tout point ponctuel,
Suivant jusqu'à la mer la route irrégulière.
Il s'acquitta de tout, revint à tire-d'aile,
Et en huit jours à peine était conclue l'affaire.
Puis il fit le récit de ses péripéties
Et Paris se lança dans les apprêts aussi.

Il remplit de monnaie toute une gibecière,
Commanda une épée, sella un destrier
Et pendant quatre, et même cinq, journées entières,
Il tint conseil chez son ami, le chevalier.
Quand il eut, à la fin, pourvu au nécessaire,
Il prévint Isabelle à qui il fit prier
D'être prête la nuit pour un départ soudain :
Il viendrait les chercher à travers le jardin.

Ainsi toute la nuit, les amies attendirent,
S'activant vivement, préparant la grande heure.
Isabelle était triste et s'attendait au pire :
Ayant promis, elle restait à contrecœur.
Elles attendaient là, sans le moindre sourire,
Et se chiaient dessus tant elles avaient peur.
Paris parut enfin, venue l'heure fatale,
Avec son bouclier, son épée, son cheval.

## CHANT 6

Il arriva au lieu de l'attente fébrile.
Et les fit toutes deux par la croisée sortir.
Avec de grands efforts, sans un mot inutile :
Il faisait tout lui-même, le faisait sans blêmir.
Bientôt, il les porta l'une et l'autre à la file
Jusque sur les chevaux où les amies s'assirent ;
Je parle d'Isabelle et de sa chère Vienne :
Ils partirent bien vite en s'accrochant aux rênes.

Son serviteur fidèle était sur le qui-vive,
Et à côté de lui un garçon d'ordonnance.
Paris alla vers eux donner ses directives :
Que tous deux vivement galopent en avance,
Et lui chevaucherait avec les fugitives,
Légèrement derrière, à petite distance.
Ils allèrent ainsi la nuit, le jour entier,
Sans jamais s'arrêter ni sans poser le pied.

La route leur devint encore plus pénible,
Lorsqu'ayant parcouru à peine quatre milles,
Une pluie commença à les prendre pour cible,
Car le ciel se montrait de plus en plus hostile.
La vive ondée prenait des proportions terribles :
Elle se déversait à pleins seaux sur leur file,
Ne faiblissant jamais, en chemin, tout du long,
Et souvent s'abattaient sur eux de gros grêlons.

## CHANT 6

Quand il se fit très tard, tout en fin de journée,
Ils arrivèrent bien à un petit village,
Où nul n'avait de pain ou de vin à donner,
Sinon un certain prêtre, amant des bons breuvages.
Quand il les vit crottés, tout mouillés, tout fanés,
Il ne ménagea pas pour autant ses hommages.
Ils mâchèrent gaiement ce qu'il servit de mets,
Tout en se réchauffant près de l'âtre allumé.

Puis, la nuit avancée, on dut aller dormir,
Paris dicta comment ils devaient s'aliter :
Vienne avec Isabelle en un lit s'assoupirent,
Le brave prêtre et lui couchèrent à côté.
Oui, le livre prétend que c'est ainsi qu'ils firent,
Bien idiot qui croirait pareille absurdité !
Quant à moi je ne peux me forcer à le croire.
Et si Paris le fit, il dut bien s'en vouloir !

Il passa cette nuit sans dormir, s'agitant,
Et la maudite pluie ne voulait pas finir.
Le jour était encore, au matin, hésitant
Quand le bon chevalier se hâta de sortir.
Il vint à son cheval, et en un rien de temps,
Voulut sur le chemin se remettre à courir.
Il dit merci, en le payant, au bon buveur,
Et vers une rivière, ils partirent sur l'heure.

## CHANT 6

L'eau du torrent n'était, là-bas, pas trop profonde,
Un pont pour traverser aurait dû s'y trouver,
Mais la pluie avait fait céder toutes les bondes :
Le pont s'était rompu et avait dérivé.
Paris s'en effraya et vit à la seconde
Que la malchance encor désirait l'éprouver.
Le domestique dit : « Ça me semble faisable :
Je vais entrer pour voir si cette eau est guéable. »

Et il lâcha la bride à son bon destrier,
L'éperonna autant qu'il jugea nécessaire.
Quand il fut arrivé non loin de la moitié,
Si profonde était l'eau que tous deux y sombrèrent.
Le courant était fort, ils y perdirent pied,
Cavalier et cheval ensemble se noyèrent.
Le chagrin que Paris devait en ressentir,
Je ne peux le conter ni ne peux le décrire.

Ils se trouvèrent donc tous deux désemparés,
Et durent retourner chez le prêtre amical.
Paris lui demanda qu'il veuille s'affairer
Pour acheter du bois et des clous à la halle.
Et qu'il trouvât des gens qu'il pût rémunérer,
Afin de réussir, en un temps idéal,
À réparer le pont sur de nouveaux piliers :
Il pouvait dépenser à bourse déliée.

## CHANT 6

Je veux laisser ces gens mériter leur salaire,
À taper, à couper, à scier, à percer,
Et m'en vais vous parler du Dauphin, pauvre père :
Il a égaré Vienne et en est courroucé.
Il la fit rechercher dans la cité entière.
On ne put découvrir où elle était passée.
Alors le roi comprit et n'eut plus aucun doute,
Qu'elle s'était livrée au diable sur la route.

Les sentiments troublés et de mauvaise humeur
Il fit venir chez lui ses chevaliers, ses preux :
« En selle, leur dit-il, sans faire de rumeur,
N'allez pas révéler ce forfait malheureux !
Chevauchez et fouillez partout pour mon honneur,
Patelins et cités, prairies et bois ombreux :
Et lorsque vous verrez de ma fille la trace,
Prenez-la et menez l'évadée dans la place.

Et si quelqu'un voulait s'interposer pour elle,
Souhaitant vainement assurer sa défense,
Frappez fort, peu me chaut si le diable s'en mêle,
Assassinez-les tous sans la moindre indulgence ! »
Il le leur demanda, se fâchant de plus belle,
Et devenait tout rouge haranguant l'assistance.
Les chevaliers prirent la route à toute allure,
Telles flèches d'un arc, volant sur leurs montures.

CHANT 6

Dans leur course, ils semblaient ne pas toucher la terre.
Quand ils furent déjà bien loin de la cité,
Les hommes à cheval enfin se dispersèrent,
En toute direction, et de tous les côtés.
Un cavalier suivit la voie particulière,
Qui menait au village où il vint s'arrêter.
Il y trouva le prêtre auprès d'un paysan,
Qui s'occupaient du pont qu'ils allaient construisant.

Le cavalier soudain interpella le prêtre :
« Sur ordre de mon roi, il me faut enquêter.
Dis-moi si tu as vu au village peut-être,
Ou bien le traversant sur des chevaux montés,
Deux femmes plus un homme, attaché à leurs guêtres,
Plus un ou deux individus à leurs côtés.
Tel signe les distingue et telle est leur image,
Telle aussi leur allure, et tels sont leurs visages.

Si tu peux nous aider à les prendre au collet,
Dis-le donc sur-le-champ sans me faire languir.
Deux heures n'auront pu encore s'écouler,
Que cinquante soldats me viendront soutenir.
Dès lors nous fouillerons les coins dissimulés,
Et nous voulons sans exception tous les saisir.
Si jamais tu voulais les cacher en revanche,
Alors, nous te pendrons à la première branche. »

Le prêtre en l'écoutant fut pris de tremblements,
Telle était sa frayeur qu'il se mit à pâlir.
Il avait reconnu, à ces signalements,
Qu'il s'agissait des gens venus chez lui dormir.
Il lui dit : « Mon seigneur, j'agirai promptement,
Je ne veux me tromper ni ne veux vous mentir.
Je m'en vais rechercher, remuer ciel et terre.
Restez ! Je vous dirai ce que j'ai découvert. »

Par un chemin tordu il quitta donc les lieux
Et rejoignit Paris où il l'avait laissé.
Il lui parla ainsi : « Mon seigneur bon et pieux,
On est venu me voir, mon cœur en est glacé. »
Du début à la fin, il leur dit, très sérieux,
Ce que le cavalier lui avait annoncé.
Il décrivit les mots, les signes, les manières,
Et dit qu'on le tuerait s'il préférait se taire.

« Je n'ai pour le moment rien dit à ce sujet,
Vous épargnant car j'ai pour vous de l'affection.
Il attend dans le champ la réponse exigée,
Je ne veux défier le roi par mes actions.
Partez d'ici, seigneur, éloignez le danger,
Que je n'encoure pas pareille punition ! »
Paris lui dit merci, tout empli de frayeur,
Et il le supplia d'attendre un bon quart d'heure.

Alors, il se hâta chez Vienne de descendre,
Ses yeux étaient brillants des larmes de ses pleurs,
Sa figure était pâle autant que l'est la cendre.
Il conta sur-le-champ le récit du malheur,
Et avec des sanglots, avec des soupirs tendres,
Il se mit à lancer les plaintes de son cœur :
« Hélas, je suis perdu, je n'ai plus d'espérance !
Maudit soit mille fois le jour de ma naissance !

Mon Dieu, pourquoi faut-il qu'une malchance crasse,
Ne se lasse jamais sur moi de s'acharner ?
Il fallait que les ponts, sous les ondes, se cassent,
Pour m'empêcher de fuir et pour me condamner !
Hélas, j'accepterais le malheur qui menace,
Si je ne sentais pas tout mon sang retourné,
À l'idée qu'il te faut rentrer près de ton père,
Et souffrir par ma faute un châtiment sévère.

Hélas, si je n'avais entrevu ta beauté,
Si jamais ton amour ne m'avait pas souri !
Pauvre de moi, qui vainquis tant d'adversité,
Pour me retrouver là, dans cette trappe pris.
Hélas, hélas, homme accablé, persécuté,
Malheur à toi, à tes projets, triste Paris !
Le monde va prétendre et il n'aura pas tort,
Que tu as entraîné ce noble être à la mort !

Oh Dieu, je t'en supplie, fais-moi cette faveur,
Donne-moi le bonheur et la consolation,
De me faire endurer la peine et la douleur,
Que Vienne doit souffrir pour prix de notre action.
Et s'il faut pour cela aussitôt que je meure,
Comme je partirais avec satisfaction,
Si j'étais sûr, aimée, de ne pas t'attrister,
De te voir subsister longtemps dans la gaieté.

Pourtant nous subissons tant de malédictions,
Que nous ne pouvons plus affronter un tel sort.
La seule échappatoire, selon ma conviction,
Est de nos propres mains, de nous donner la mort.
Dans la foi, dans l'honneur, faire l'ultime action,
Que nul ne puisse enfin nous éprouver encore.
Et au lieu de nos corps, que nous voulions unir,
Nos deux âmes seront unies à l'avenir. »

Regardez quelque jour pleurer un général,
Quand l'ennemi abat les rangs qu'il contrôlait,
Regardez aussi bien se cailler le lait pâle,
Pendant qu'il se condense et fait du petit lait,
Ou voyez un soleil, rouge et pur, tout égal,
Quand soudain le recouvre un gros nuage laid :
De même se mua le visage de Vienne,
Il est dur d'esquisser sa charmante dégaine.

Il était rouge et blanc et devint jaune et vert
Lorsqu'elle eut entendu de Paris le discours.
Alors elle tomba évanouie par terre,
Ne pouvant plus parler qu'un muet ou qu'un sourd.
Il porta du vinaigre à son nez dans un verre,
Jusqu'à ce que ses sens fussent tous de retour.
Les mots qui, en premier, sortirent de sa bouche,
Furent « Paris, Paris ! » suivis de pleurs farouches.

« Mon Dieu qui es au ciel, dit-elle dans ces transes,
Pourquoi as-tu voulu à ce point me maudire ?
La malchance me suit depuis ma tendre enfance,
Sans jamais me laisser nul bonheur ressentir.
Elle poursuit sur moi en ce jour ses offenses,
Et me suit en tout lieu pour me faire souffrir.
Je croyais à présent consoler ma douleur,
Voilà qu'elle me presse avec plus de vigueur.

Hélas, hélas, ma joie eut bien peu d'envergure !
Hélas, à quelle allure elle fut emportée !
Je croyais vivre enfin d'heureuses aventures,
Cependant la douleur est venue m'arrêter !
Il me faut maintenant revenir en lieu sûr,
Et mourir chaque jour en parfaite santé.
Mon Dieu, il me semblait que deux honnêtes cœurs
N'avaient pas mérité de si profonds malheurs.

Cependant, mon Paris, qu'as-tu envie de faire ?
Nous n'allons pas ici nous tuer de la sorte !
Sépare-toi de moi de prudente manière,
Conserve donc ta vie, encore longue et forte.
Quant à moi, je m'en vais retourner chez mon père :
Il ne me pendra pas quand j'ouvrirai sa porte
Car il épargnera son sang et son honneur,
Tout en voulant cacher de ma fuite l'erreur.

Il me faut donc laisser entrer les émissaires,
Qui attendent dehors et sont à ma poursuite.
Quand ils m'auront trouvée, ici, sans un compère
Ils n'iront pas plus loin, n'y donnant pas de suite.
Tous mes "non" vaudront plus que leurs "oui" de concert,
Je saurai démontrer qu'ils mentent sur ma fuite.
J'affirmerai là-bas, je dirai fermement,
Qu'à cheval je chassais pour mon amusement. »

« Non ! répondit Paris, cette idée m'est trop dure
Je préfère quitter cette vie abhorrée ! »
Il mit sur son épée la main d'un geste sûr,
Et sortit de sa gaine une lame acérée.
Il la tourna vers soi prête à porter blessure,
Mais Vienne vint soudain, noble femme égarée,
Se jeter contre lui et sans perdre de temps
Lui lança : « Donne-moi cette épée à l'instant !

En te tuant ainsi, avec légèreté,
Tu y perdras le corps et l'âme également !
Mets donc auparavant ton âme en sûreté,
Et si tu veux quitter la vie absolument,
Donne-moi sur-le-champ cette lame affûtée,
Laisse-moi de ma main achever tes tourments ! »
Elle parla si bien qu'elle sut l'adoucir,
Et il lâcha son arme écoutant son désir.

Alors elle tourna l'épée contre son sein,
Et lui dit dans un cri : « Il te faut me quitter !
Promets-le tout de suite, accomplis mon dessein,
Sinon je plante en moi l'épée sans hésiter !
Si l'on ne te prend pas, tel l'auteur d'un larcin,
Je couvrirai au mieux ton rôle à mes côtés
Car j'ai encore espoir que Dieu, avec le temps,
Voudra nous satisfaire et nous rendre contents. »

Paris lui répondit : « Si c'est ta volonté,
Je ne peux m'opposer à tes supplications. »
Ils pleurèrent tous deux longtemps sans s'arrêter,
Frappèrent dans leurs mains avec grande émotion.
« Ah ! je ne pensais pas qu'avec soudaineté,
Cette joie, ce bonheur auraient leur conclusion ! »
Ils se plaignaient tous deux en prononçant ces mots,
À Dieu, qui est au ciel, ils dénonçaient leurs maux.

Vienne saisit alors un anneau de valeur
Qu'elle portait toujours à son cou en collier –
Un diamant se trouvait serti à l'intérieur –,
Et l'offrant à Paris fit le vœu singulier,
Qu'il le portât dès lors à son doigt en toute heure,
En signe de la foi qui les tenait liés.
Et elle le pria de lui faire connaître
Dans quel lieu il irait, s'installerait peut-être.

Les plaintes qu'à cette heure, ils poussèrent si fort,
Je ne peux pas, ma foi, toutes vous les décrire.
Ils les auraient poussées bien plus longtemps encore
Si le prêtre n'était venu intervenir.
Il voyait qu'il risquait de vivre un mauvais sort,
Et sans plus de façons les pressa de sortir.
Depuis longtemps déjà, il devait témoigner,
Et craignait à présent qu'on vînt les empoigner.

Qui eût alors ouï les cris des vrais amants,
Dont on dit à raison qu'ils ne font qu'un seul corps,
Qui eût vu en ce lieu leurs plaintes, leurs tourments,
Leurs visages défaits, plus pâles que la mort,
Qui eût vu cet adieu et ces déchirements,
Leurs gestes, leurs appels et leurs tristes efforts,
Qui eût vu tout cela et ne pleurerait guère,
Aurait le corps, le cœur, entièrement de pierre.

Quand ils eurent tout dit, fait les gestes ultimes,
Ils s'embrassèrent fort, se tenant cœur à cœur,
Si longtemps, si serrés, dans ce transport intime,
Fait de tant de passion, et de tant de douceur,
Qu'ils churent sur un banc de leur émoi victimes,
Ne tenant plus debout, dépourvus de vigueur.
Leurs cœurs étaient brouillés ainsi que leurs esprits,
Au point qu'ils ne pouvaient souffler ni mots ni cris.

## CHANT 6

Et tout aussi muet, Paris monta en selle,
L'honnête chevalier, le valeureux seigneur,
Jeune et fier, il atteint la rivière cruelle :
C'était la seule issue qui s'offrait à cette heure.
De même que l'on fait un acte inusuel,
Lorsque l'on voit sa vie menacée d'un malheur,
De même Paris eut un regain de courage
Et voulut traverser le torrent à la nage.

Le courant n'était pas aussi puissant peut-être,
Peut-être son cheval était-il moins chargé,
Ou simplement, c'est Dieu qui voulut lui permettre
De passer le torrent sans s'en voir affligé.
Son succès fut plus grand qu'il n'y pouvait paraître,
Et guéant à cheval, il passa le danger.
Le torrent traversé, il galopa sur terre,
Et, comme il le voulait, s'en vint jusqu'à la mer.

Il trouva en ce lieu arrimé le navire,
Qu'avait loué pour lui l'honnête serviteur.
Il monta à son bord : de terre on put partir,
On navigua tout droit, sans obstacles, sans peurs.
Descendu sur la côte où il devait venir,
À cheval il monta, éperonna sur l'heure,
Atteignant une ville au terme de sa fuite ;
Gênes était son nom, je le dis tout de suite.

## CHANT 6

Dans une bonne auberge, il alla s'installer
Et loua une chambre où il pourrait dormir.
Il s'en vint sur la place, élégant exilé.
Valeureux, vertueux, il savait éblouir.
De nombreux chevaliers le regardaient aller,
Et amicalement, venaient l'entretenir
Puisqu'ils le voyaient noble, et davantage encore,
Puisque pauvre étranger, il manquait de support.

On faisait à Paris de somptueux honneurs.
On ne le laissait pas à l'auberge manger.
Je ne veux composer davantage à cette heure.
Car j'ai trop bavardé dans ce chant prolongé.
J'ai chanté trop longtemps et avec trop d'ardeur,
J'en ai presque oublié d'interrompre le jet.
Puisque je m'en souviens il me faut donc conclure :
J'éviterai ainsi de passer la mesure.

## Je prie mon Dieu que j'aime tant, Qu'il m'aide au long du septième chant.

Un grand nombre de gens ont la langue pendue
Et sont accoutumés à la prolixité,
Condamnant fermement, voulant rendre leur dû,
Aux frères de Venise, aux juifs de la cité.
Ils prétendent alors que c'est chose entendue,
Qu'ils n'ont ni courtoisie ni même honnêteté.
Qu'ils ne peuvent sentir l'étranger qui leur vient,
Voyez s'ils le saluent ou lui offrent leurs biens !

Lorsqu'arrive chez eux un hôte de passage,
On s'approche de lui comme d'un empesté.
Il faut qu'il ait déjà jeûné pendant des âges,
Avant qu'on lui propose un verre à déguster.
Il semble que cela demande du courage,
De remuer la tête un peu de son côté.
Ce serait à leur bouche un effort surhumain,
De lui dire un « shalom » en lui tendant la main.

Que personne ne parle avec le visiteur,
Ils n'y accordent pas un soupçon d'importance.
Il doit se promener au ghetto plusieurs heures,
Avant qu'un habitant offre son assistance.
Et si l'un d'eux l'approche avec plus de chaleur,
C'est que de quelque gain il nourrit l'espérance,
Ou qu'il veut se moquer, l'embobiner pour plaire :
Tous l'entourent alors tels les poussins leurs mères.

Ils pensent qu'ils ont pris un imbécile heureux,
Mais ne font que prouver leur propre ridicule.
Un homme à capuchon, tout seul, les rend peureux,
Leur faisant fuir Venise au bout de sa férule.
Mais avec leurs passe-passe, tant qu'ils ne sont qu'entre eux,
Ils pensent mériter des honneurs majuscules,
Comme s'ils gouvernaient Venise et ses murailles,
Comme si nous étions leurs serfs, leur valetaille.

Nous sommes, je le crois, des serfs ou bien des vaches,
Car lorsque l'un d'entre eux veut bien nous tolérer,
Nous avons beau le suivre en tout lieu sans relâche,
Nous ne saurions pourtant assez bien l'honorer.
Nul argent n'y suffit, nul effort que je sache,
C'est là peine perdue, je vous dis, c'est bien vrai :
Aussitôt loin de nous, ils ont tout oublié,
Ou ils croient que c'est nous qui leur sommes liés.

J'ai encore entendu bien des dénonciations,
Mais je n'ai pas envie de toutes les reprendre,
Je laisse dans ma plume un flot d'accusations,
Je crains leur aversion si je ne suis pas tendre.
Pourtant, dans bien des rues, à bien des occasions,
Je les ai secourus, j'ai voulu les défendre.
Car je n'estime pas tous ces vilains parleurs,
Et leur dis : « Si c'est vrai, ainsi le veut leurs mœurs. »

Leur coutume pourtant ne me semble pas bonne,
Et personne ne peut m'empêcher de le dire.
Car de chair et de sang sont toutes les personnes,
Et Dieu prodigue à tous ce qui doit nous nourrir.
On n'en fait pas autant, à Mantoue, à Vérone,
À Ferrare, à Padoue, on sait mieux se tenir.
Et l'on n'a pas été à ce point malappris,
À Gênes quand s'y est montré notre Paris.

On lui fit, par ma foi, connaître des honneurs,
Alors qu'il n'y avait jamais passé de temps.
Je sais que je vous ai raconté tout à l'heure,
La façon dont s'étaient conduits les habitants.
Mais l'amour n'avait pas perdu de son ardeur :
Sa maladie le tourmentait toujours autant.
Aucun amusement ne pouvait le distraire,
Car le cœur lui brûlait d'une vive manière.

En parlant de cela, me revient en mémoire
Vienne, et puis les soucis où je l'avais laissée.
Je quitte donc Paris en proie à ces déboires,
Et près d'elle m'en vais voir ce qu'il s'est passé.
Vienne était revenue, escortée, sans histoires,
Et Isabelle aussi, auprès d'elle empressée.
Elle entra à cheval avec ses écuyers,
Comme quelqu'un qui vient de se désennuyer.

Elle avait ramené avec elle le prêtre,
Afin qu'il témoignât de son honnêteté.
Le roi le pria donc de lui faire connaître
Ce qu'il s'était passé, de bien lui raconter.
Celui-ci s'empressa de tout lui retransmettre,
Sur son âme il jurait de sa sincérité :
Les amants n'avaient pas failli à leur honneur,
Comme s'il s'agissait d'un frère et d'une sœur.

Alors le roi parla : « Dis-moi donc, je te somme,
Sinon je te fais pendre à un arbre élevé,
Avoue-moi sur-le-champ, où donc est passé l'homme,
Qui en leur compagnie est chez toi arrivé ? »
Le prêtre lui jura par quelque saint bonhomme :
« Il a fui à travers un torrent soulevé,
Aussi ne craignez rien car si vous m'en croyez,
Comme son serviteur, il a dû s'y noyer. »

Le roi laissa en paix le prêtre s'en aller,
Tout en lui demandant de mener son enquête.
Si, en ville, on devait le prier de parler,
Qu'il témoigne que Vienne était restée parfaite.
Le roi n'avait voulu jusqu'ici se mêler,
D'échanger avec Vienne un mot en tête-à-tête :
Il avait demandé à sa femme fidèle,
De poser des questions d'abord à Isabelle.

Peu après, un dimanche, eut lieu leur entretien :
La reine l'avait fait, en ce jour, demander.
Et elle lui frotta les oreilles si bien
Que celle-ci l'osait à peine regarder.
Isabelle opposait son point de vue au sien,
Elle couvrait ses torts comme un corps dénudé.
Enfin elle conta les détails de l'affaire,
Expliquant ses actions jusques à la dernière.

Ensuite elle promit, jura par tous les diables,
Que Vienne, pieusement, était restée entière,
Une jeune pucelle aussi irréprochable,
Que lorsqu'elle sortit du ventre de sa mère.
Ce fut alors un réconfort considérable,
Quand la bonne nouvelle arriva jusqu'au père.
Il voyait que ses mots s'accordaient tout à fait
Au rapport précédent que le prêtre avait fait.

Un jour le roi lui-même alla rendre visite
À Vienne et dans son cœur bouillonnait la fureur.
Il lui lava la tête et blâma sa conduite
Jusqu'à ce qu'elle eût bien avoué son erreur.
Il lui tint ce discours : « Je te dis tout de suite,
Qu'il faudrait ordonner qu'on te brûle sur l'heure,
Mais cela me serait un acte repoussant
Que de devoir ainsi verser mon propre sang.

Je devrais d'autant moins faire preuve de cœur,
Que le tien a été de pierre à mon égard.
Car tu m'as fait subir un profond déshonneur.
Je n'aurais cru subir tant de mal de ta part.
Est-ce l'enfant pour qui j'ai prié le seigneur,
En pleurant chaque jour qu'il m'arrivât si tard ?
Puissé-je ne t'avoir jamais tant souhaitée,
Si tu montres pour moi si peu de loyauté. »

Et Vienne répondit à ces mots, sans attente,
Avec le cœur amer mais d'une voix très douce.
Son père avait raison, elle en était consciente,
Elle chut à ses pieds d'une vive secousse,
Et lui dit : « Pends, brûle ou tue-moi de mort lente,
J'ai péché et je dois payer aux yeux de tous!
Mais quoi que cela fût, fais-le vite accomplir,
Que cessent mes tourments, que cesse mon martyre. »

Le roi la laissa là et partit vivement,
Mais comme il étouffait dans sa grande colère!
Il fit mettre au cachot sans nul ménagement,
Le tuteur de Paris, son honorable père.
Toutes ses possessions, ses riches vêtements,
Tout lui fut confisqué quand éclata l'affaire.
Dans un pauvre cachot il fut bientôt proscrit,
Il devait effacer l'ardoise de Paris.

Quoiqu'il ne subît pas de trop grande détresse,
Le bon Odoardo lui procurait des soins.
Il ne l'abandonna jamais dans sa faiblesse,
Et sans compter l'argent, payait tous ses besoins.
Le vieillard, jour et nuit, lui demandait sans cesse,
S'il savait sur Paris quelque chose du moins.
Le père le pleurait beaucoup plus fortement
Qu'il ne se lamentait sur son enfermement.

Le sort que l'on faisait au malheureux vieillard
Rendit Vienne affligée des actes de son père.
Elle se convainquit d'essayer tôt ou tard
De sauver le vieil homme en des temps plus prospères.
Elle pleurait surtout de Paris le départ,
Et à Odoardo faisait maintes prières
Pour qu'il passât son temps à chercher des nouvelles,
Et qu'il en rapportât au plus vite chez elle.

Un grand nombre de jours étaient ainsi passés,
Les eaux avaient coulé sous les ponts entre-temps.
Le roi interrogea son épouse sensée :
Il ne voulait pas se montrer trop mécontent.
Ils décidèrent donc qu'ils devaient s'efforcer
De bâillonner tous les bavards impénitents.
Et qu'ils ne voulaient pas faire de mal à Vienne,
Prendre un autre mari serait sa seule peine.

Or, ils ne savaient pas ni n'avaient de soupçons,
Que leur fille s'était à Paris fiancée.
Au contraire ils pensaient qu'après telle leçon,
Elle encenserait Dieu d'avoir tout effacé.
On avait tout réglé d'excellente façon,
Et sans perdre de temps on avait commencé
De magnifiques bals : on s'était mis en peine,
Afin qu'on ne crût pas à la faute de Vienne.

Elle était tout le temps à la danse première,
Elle y entrait de mille feux resplendissante,
Revêtue d'une robe ornée d'or, tout entière,
De multiples joyaux, et de perles charmantes.
D'une main saisissant une traîne princière,
Dans l'autre elle tenait la parure suivante :
Un grand bouquet de plumes appelé éventail,
Et portait sous son nez cette belle trouvaille.

Elle était toujours là, la nuit comme le jour,
Présente à tous les bals et aux amusements.
Elle trouvait pourtant peu de joie à la cour,
Mais elle s'y montrait d'un bon tempérament.
Se forçant à venir, même avec le cœur lourd,
Elle espérait calmer son père sagement.
Par ses mots elle sut si bien l'envelopper,
Qu'il ne se souvînt plus d'avoir été trompé.

Un jour qu'elle le vit porté à l'indulgence,
Il lui sembla grand temps de faire relâcher,
Le malheureux vieillard placé sous surveillance
Et jeté au cachot sans faute ni péché.
La fille sut s'y prendre avec intelligence,
Et fit tant de discours à son père fâché,
Qu'il libéra le prisonnier à sa prière,
Et fit restituer ses possessions entières.

Or, Vienne à cette époque, espérant augmenter
La faveur qu'elle avait aux yeux de père et mère,
Se rendait chez l'évêque afin de discuter :
Il avait toujours tu son jeu d'intermédiaire.
Ainsi elle laissait ses parents supputer,
Qu'elle était vertueuse et d'une foi sincère.
Elle l'était sans doute en se souciant d'eux,
Mais Paris occupait son esprit malheureux.

De toutes ses pensées, jamais il n'avait fui,
La nuit comme le jour, le matin et le soir.
Pendant de longues nuits, elle rêvait de lui,
Étant parfois ravie, parfois au désespoir.
À l'aube elle appelait son amie, son appui,
Lui demandant conseil sur ce qu'il fallait croire :
« Bon ou mauvais augure ? », elle enquêtait sans trêve.
Isabelle devait interpréter ses rêves.

Sur les rêves, pourtant, je ne veux pas écrire.
Je ne crois pas qu'ils aient de signification.
Si le diable en personne, un soir, avec ses sbires,
Devait me gratifier de quelque apparition,
Et mettait sous mes yeux je ne sais quel délire,
Je n'aurais pas la plus petite appréhension.
Je dis : ce qui murmure en nous pendant la veille,
Cela hurle la nuit dans l'esprit qui sommeille.

Souvent vont au cerveau quelques vapeurs soudaines
Lorsqu'un individu a l'estomac chargé,
La moutarde, je crois, produit pareille gêne !
Les rêves, autrement, laissent peu présager.
C'est pourquoi je les quitte et m'en retourne à Gênes,
Pour parler de Paris et de tous ses projets :
Cela fait un moment déjà qu'il y demeure,
Et on lui prodiguait mille marques d'honneur.

Mais pour le preux seigneur, tout était bien égal.
Il n'avait nul désir de manger, de dormir.
Il avait l'impression que tout lui faisait mal,
Et ne souhaitait pas tarder à repartir,
Désirant s'éloigner de son pays natal
Et effacer de son amour le souvenir.
Pour Vienne cependant il demeurait encore,
Car il voulait connaître auparavant son sort.

Et voulait envoyer quelques fraîches nouvelles
À son cher compagnon ainsi qu'à son bon père.
Pour leur faire savoir sa déception cruelle
Et ce que désormais, il prévoyait de faire.
Il écrivit ainsi deux lettres personnelles
Et prit un messager pour régler cette affaire.
Il le paya fort bien donnant ses instructions,
Pour que l'homme arrivât jusqu'à destination.

De ces lettres porteur, il s'en fut à cheval,
Sans obstacle majeur ni sans halte excessive.
Il se rendit à Vienne en dix jours sans escales,
Et à Odoardo remit les deux missives.
N'as-tu jamais connu le plaisir sans égal
D'une joie qui survient de façon prompte et vive ?
Ainsi, Odoardo fut frappé de bonheur,
En voyant les billets aux mains du visiteur.

Odoardo reçut les lettres de ses mains,
Puis il partit soudain en les gardant sur soi.
Et il fit en courant l'essentiel du chemin,
Pour apporter au père sa portion de l'envoi.
Le vieillard ressentit un bonheur peu commun
Au plus profond du cœur : il sanglota de joie.
Tous deux purent alors partager leur gaieté,
Et lurent leurs billets, chacun de son côté.

Je ne veux pas copier la teneur intégrale
Des lettres qui étaient joliment rédigées.
J'en écris seulement le propos général,
Car je suis las de ces palabres prolongées.
Le père, lorsqu'il lut la missive filiale,
Vit ses yeux s'embuer tant il fut affligé.
C'est qu'il y racontait sa déveine étonnante,
Et qu'il y exprimait des plaintes désolantes.

Ensuite il l'informait d'une résolution :
Il voulait voyager à si grande distance,
Qu'on ignorerait tout de sa situation.
Des années durerait sans doute son absence,
Il franchirait la mer sur une embarcation,
Parcourrait à cheval un territoire immense :
Son père devait donc l'oublier sans retour,
Jusqu'à ce que le ciel vînt lui porter secours.

Il écrivait ainsi : « Père, je dois partir,
Il se pourrait fort bien que je meure en voyage,
C'est pourquoi je te prie d'entendre mon désir :
Qu'Odoardo reçût tous mes biens en partage,
Et qu'il fût en mon lieu ton fils à l'avenir,
Profitant à ta mort de tout mon héritage !
Il a en vérité toujours été mon frère. »
Et il y ajoutait tout un tas de prières.

Quant à Odoardo, il lisait dans sa lettre,
Le récit des malheurs par Paris traversés,
Comment dans cette ville il a décidé d'être
Puisque son mauvais sort l'avait si loin chassé.
Enfin il le priait de vouloir lui transmettre
Un mot par le courrier qu'il avait adressé,
Où il lui écrirait quel sort on fit à Vienne,
Depuis qu'il la quitta pour fuir à perdre haleine.

Et il devait aussi se charger de lui dire,
Qu'elle ne devait pas accroître ses tourments,
Et qu'elle prît bien soin de son propre avenir
En songeant à l'honneur et à son agrément,
Dès lors qu'il s'était vu pour ses péchés punir,
Et qu'il n'avait pas pu accomplir ses serments.
« Son bonheur est ma vie, sa douleur me tuera,
Dis-lui donc de choisir tout comme il lui plaira.

Si elle décidait de résister encore,
Ou si restaient cachés nos faits et nos actions,
Prodigue-lui ton aide ainsi que ton support :
Je la confie, mon frère, à ta seule affection !
Puisque j'ai, de mon nid, dû quitter le confort,
Je ne peux plus pourvoir à cette protection.
Mais ne t'en fais donc pas ! Si je reste sur terre,
Je saurai bien payer tes honnêtes manières. »

Il lui faisait savoir, dans sa lettre insistante,
Ce qu'il avait écrit d'abord à son vieux père :
Qu'il deviendrait son fils, la place étant vacante,
Pour le représenter de toutes les manières.
Il le priait aussi d'accepter sans attente
De voir dans le vieil homme un père à part entière.
Il y parlait aussi de son futur voyage,
Comme vous l'avez su en lisant l'autre page.

Quand ils eurent mis fin tous deux à leurs lectures,
Au bon Odoardo s'adressa le vieillard :
« L'idée qu'il veut partir me paraît bien trop dure,
Je veux de toute force empêcher son départ.
Quant à l'autre demande, tu peux en être sûr,
Je suivrai volontiers ses vœux à ton égard.
Je t'adopte avec joie, tel un fils exemplaire,
Car j'ai toujours vécu avec toi comme un père.

Cependant, sans attendre, écris donc à Paris,
Que nous lui conseillons, que nous le supplions,
De ne pas s'en aller comme il nous l'a écrit !
Prends ces cinq cents ducats que nous lui envoyons,
Fais-les-lui parvenir sans tarder, je t'en prie,
Le messager se trouve à ta disposition,
Et que Paris là-bas vive une vie princière,
En attendant que s'améliorent nos affaires. »

Odoardo lui dit : « J'accepte cet office,
Et m'en vais lui écrire exprimant vos prières,
Je veux vous être un fils et en bonne justice,
Vous pourrez en tout temps m'ordonner comme un père.
Pourtant, de votre lit, Paris est le seul fils,
Il ne faut pas qu'il soit répudié par son père.
J'espère, grâce à Dieu, que tout va s'arranger
Et que nous serons tous à la fin soulagés. »

Odoardo partit d'une course soudaine
Après qu'il eut reçu les conseils paternels,
Et, sans perdre de temps, il se rendit chez Vienne,
Qui l'avait supplié de courir jusqu'à elle :
Si de Paris venait une rumeur à peine,
Il ne fallait tarder à porter la nouvelle.
En cette même nuit, il y vint vers deux heures,
Lui lire le billet dont il eut la primeur.

Quand Vienne de la lettre eut saisi tout le sens,
Elle n'eut guère plus la force de rien dire.
C'est avec grande joie qu'elle avait pris conscience,
Que son Paris vivait, qu'il avait pu s'enfuir.
Mais elle ressentait une souffrance intense,
À l'idée qu'il voulait de nouveau repartir :
« Mon cher Odoardo, dit-elle, pour l'amour
De Dieu, va sur-le-champ lui écrire en retour !

Et salue vivement mon ami adoré,
Puis prie-le de ma part, supplie-le instamment,
Qu'il veuille, s'il lui plaît, à Gênes demeurer.
Que son voyage en reste là pour le moment.
Car je veux l'épouser comme je l'ai juré,
Même s'il faut passer ma vie dans les tourments.
Si nous payons ainsi un prix dur et cruel,
Le dernier mot sera aussi doux que le miel. »

Odoardo s'en fut pour écrire à Paris,
Ainsi que Vienne avait demandé de le faire :
Il mit donc tous ses mots, ses souhaits par écrit,
Et le fit aussi bien pour les mots de son père.
Pareillement dans cette lettre il lui apprit
Toutes leurs actions, d'aujourd'hui et d'hier.
Et comment Vienne avait subi bien des menaces,
Avant de regagner de son père la grâce.

Et comment l'on avait fait prisonnier son père,
Puisque le roi avait désiré le punir,
Comme Vienne plus tard, avait su si bien faire,
Qu'il lui fut à la fin possible de sortir.
Il écrivit ainsi une missive entière,
Quatre pages au moins écrites sans faiblir.
Enfin il y mit tout ce qu'il s'était passé,
Depuis que Vienne avait par lui été laissée.

Il transmit cette lettre aux mains du messager,
De même que l'argent dans une bourse close.
Celui-ci s'en saisit et s'en alla, léger,
Courant à toute allure et sans faire de pause.
Quant au feu qui brûlait tous ces cœurs affligés,
Il s'était fait moins vif en apprenant ces choses :
Les lettres les avaient tout à fait convaincus,
Qu'il se trouvait là-bas, qu'il avait survécu.

Or Paris attendait avec grande impatience,
Qu'on vînt lui apporter la réponse rendue.
Le messager courait en grande diligence,
À Gênes il s'en vint lui remettre son dû.
Il sortit le billet et l'argent en silence,
Les donnant à Paris de ses deux mains tendues.
Et celui-ci l'ouvrit : impatient de le lire,
Puis quand il eut tout lu, put enfin se réjouir.

Il ressentit beaucoup de joie et de bonheur,
Ce jeune homme si noble et si plein de bonté,
En apprenant que Vienne, ayant fui le malheur,
Ainsi que père et mère, avaient bonne santé.
Il fit renouveler ses vêtements sur l'heure,
Montrant en général un peu plus de gaieté.
Souvent il espérait, mais souvent renonçait,
Comme fait tout amant livré à ses pensées.

Il allait et venait dans des soins éternels,
C'est de cette façon que se passait son temps.
Il avait décidé d'obéir à sa belle
Et s'était résigné à rester plus longtemps.
De la cité de Vienne, il avait des nouvelles :
Les amants s'écrivaient, l'un à l'autre constants.
Pendant une période, il patienta ainsi,
Attendant un remède à ses nombreux soucis.

À ce moment précis, au cours des quelques jours
Où s'étaient déroulés les faits que je raconte,
Le Dauphin ne voulait plus prendre de détours
Et pour le sort de Vienne avait réglé ses comptes.
Son beau-père était là pour lui porter secours :
C'est lui qui arrangea des fiançailles promptes.
Avec un Bourguignon, un duc, un héritier,
On ne pouvait rêver d'un parti plus altier.

Son nom était resté un temps dans la balance,
Avec celui du prince héritier d'Angleterre,
Mais le bon roi lui-même, le souverain de France,
Décida que ce choix devait mieux satisfaire.
C'est grâce à ce soutien qu'il eut la préférence.
Cela faisait aussi bien plaisir au beau-père,
Que ce fût celui-ci qu'on décidât de prendre.
Ce beau-père serviable était le duc de Flandre.

Le livre que j'ai lu dans la langue italienne,
Décrit ces tractations en détail, longuement.
Je ne veux plus le suivre avec autant de peine,
Et laisse de côté ces développements.
Sinon ma petite œuvre en deviendrait trop pleine,
Et le temps manquerait à son achèvement.
Que ceux qui pour autant l'ont lu en italien,
Ne croient pas que je l'aie falsifiée en rien.

Or, ce projet d'union dont j'ai fait la mention,
Sitôt qu'il eut été tout à fait arrangé,
Procura au bon roi grande satisfaction :
Il voulut rencontrer son futur protégé.
Il le gratifia donc d'une délégation
De comtes et de ducs, plus de dix messagers,
Le priant d'accepter d'être son serviteur,
Et de venir chez lui passer de bonnes heures.

Le jeune homme en sentit une émotion de taille –
Je n'aurais pas non plus manqué de me réjouir ! –
Il avait ouï dire avec force détails,
Que Vienne était charmante et splendide à ravir.
Lorsque le feu commence à goûter à la paille,
Alors vous savez bien ce qu'il peut advenir.
Le gendre, sans tarder, alla donc s'apprêter
Avec cent chevaliers qui devaient l'escorter.

Ils chevauchèrent tous emplis d'une joie saine –
Ce sont, de ces gens-là, les manières courantes.
Quand ils furent enfin à deux journées de Vienne,
On annonça au roi leur venue imminente.
Le bon Dauphin voyant leur arrivée prochaine,
Fit venir ses seigneurs et valets sans attente,
Leur priant d'apprêter de grands festins sur l'heure,
Afin de recevoir ces gens avec honneur.

Jusqu'à cette journée, on n'avait rien conté :
Le plan avait été combiné sagement.
Mais lorsque Vienne enfin apprit la vérité,
Dans sa chambre elle alla s'enfermer promptement.
Elle s'assit là-bas dans un angle écarté
Pour verser bien des pleurs au gré de son tourment.
Enfin vinrent la voir et son père et sa mère,
Leur gaieté et leur rire emplissaient l'atmosphère.

La reine avec le roi, l'épouse avec son sire,
Transportés par la joie la baisaient tour à tour.
Ce qui était conclu et devait advenir,
Ils venaient le montrer à leur fille au grand jour,
Et ils espéraient bien la convaincre d'en jouir,
Avec des mots choisis, avec de doux discours :
« Il est temps, dirent-ils, que tu te félicites,
Car tu vas acquérir une gloire subite.

De très nombreux amis t'ont aidée en ceci,
Mais bien d'autres voulaient y faire opposition.
Tu es dès cet instant devenue riche aussi :
L'or qui te couvrira fera grande impression.
Tu seras pour toujours libérée du souci,
Pour toi et tes enfants, quelle bénédiction !
Il arrive chez nous dans trois ou quatre jours,
Aussi prépare-toi à montrer tes atours. »

Lorsqu'ils eurent enfin parlé un bon moment,
Vienne en fut si peinée qu'elle voulut mourir.
Elle voyait l'apprêt d'un grand événement,
Et savait que cela ne pouvait advenir.
« Mon père, leur dit-elle, et ma chère maman,
J'aimerais de tout cœur vous faire ce plaisir.
Mais je ne veux pour l'heure accepter de mari,
Même s'ils venaient tous, rois et princes compris !

Je ne méprise pas cet honnête seigneur
Ni ne crains de lier ce duc à ma personne.
Je ne veux pas de lui, ni d'un autre d'ailleurs,
Nul ne me convaincra quoique l'on me raisonne,
Serait-il même riche et d'infinie grandeur,
Plus grand, si vous voulez, que la tour de Crémone ! »
Le roi en fut blessé, mais il croyait alors
Que c'était par pudeur qu'elle esquivait encore.

Avec elle il laissa sa femme en tête-à-tête,
Afin que sa pudeur ne fût plus si farouche.
La mère, en sanglotant, répéta sa requête,
Et s'épancha longtemps sans pourtant faire mouche.
« Non, non, non ! » disait Vienne et demeurait muette,
Rien d'autre ne voulait sortir de cette bouche.
Lorsque le roi l'apprit, il fut très en colère,
Et regretta le jour où il vit la lumière.

Le roi à cet instant, vraiment exaspéré,
Tel un crapaud sauta sur la pauvre nourrice :
« Viens ici, lui dit-il, putain déshonorée,
Tu as pourri ma fille avec tes immondices ! »
Isabelle tremblait et se mit à jurer,
Dominée par la peur, elle était au supplice :
Elle jurait très fort, voulant dissimuler.
« Je ne veux pas, dit-il, t'entendre ainsi hurler,

Dis-moi donc sur le champ, sans me mentir bien sûr,
Ce que peut signifier cette façon de faire,
Ce qu'a été, avec Paris, votre aventure,
Et quel est à la fin le secret de l'affaire.
Si tu ne dis pas tout sans nulle fioriture,
Tu ne guériras plus des maux et des misères :
Je m'en vais demander qu'on t'arrache les veines ! »
Isabelle avoua tant sa peur fut soudaine.

Et raconta enfin toute la vérité :
Ce qu'elles avaient fait dès le commencement
Et quelle avait été la fin précipitée,
Comment Vienne s'était fiancée à l'amant.
Le roi fut informé de la réalité :
Il se mit en fureur, cria terriblement,
Jurant de la noyer plutôt le cœur léger,
Que de la laisser faire ou même d'y songer.

Il s'en revint chez Vienne où il fit irruption.
Alors, il l'assourdit dans sa colère immense :
« Il faut bien que tu n'aies aucune dévotion,
Ou que tu aies perdu tout reste de bon sens.
Hélas ! Si je pouvais vivre dans l'illusion,
Que je n'ai jamais vu le jour de ta naissance !
Que maudit soit le jour, que maudite soit l'heure,
Où je t'ai accueillie dans ma triste demeure !

À châtier Paris, de même je m'engage,
Si je peux seulement un jour le capturer !
Avec bien des amis, j'ai conclu ce mariage,
Avec comtes et ducs de toutes les contrées.
J'espérais en tirer honneurs et avantages,
Je n'en aurai que honte et haine déclarée :
Tu me le fais subir avec tes propres mains,
Mais si tu disais oui, tout irait mieux demain. »

Vienne savait très bien, après tant de détours,
Ne plus pouvoir nier, ni taire obstinément.
Elle commença donc en tenant ce discours :
« Je ne veux pas faillir à mon engagement,
Car c'est la vérité, j'ai promis mon amour,
Et jamais je ne veux voir briser ce serment… »
Cette conversation, je vais vous la transcrire,
Sans laisser pour autant ce chant trop s'agrandir.

*Le septième chant s'achève de son mieux,*
*Que Dieu nous fasse jouir du droit de nos aïeux.*

## Je prie Dieu juste et puissant, De m'aider pour le huitième chant.

Dans combien d'occasions voit-on sur cette terre,
Promettre en déclarant : « À jamais ! Pour toujours ! »
Mais si tôt que l'argent se mêle à ces affaires,
Il ne reste plus rien de tous les beaux discours.
Voyez donc celui-ci prendre un air de misère
Et essayer de justifier son mauvais tour :
À son bon camarade, il rebat les oreilles,
Se disant obligé à trahison pareille.

Mais la foi véritable est juste et sans finesse,
Face à jeunes ou vieux, riches ou pauvres hères.
Bienheureux celui qui s'engage avec largesse,
Dont la droite parole est lisse, franche, claire.
Lorsqu'un homme au prochain a fait une promesse,
Fût-ce au fond d'un sous-bois, il ne peut s'en défaire
Comme en présence de cent témoins avisés :
Chose promise enfin ne se peut refuser.

Or Vienne eut pour Paris une foi exemplaire.
On ne vit nulle part une autre d'un tel prix.
Vous savez quelle fut la fureur de son père,
Il allait donc tout faire afin qu'elle souffrît,
Or l'homme qu'il fallait qu'elle prît pour lui plaire,
Était au moins dix fois plus riche que Paris.
Et nul n'était présent quand fut fait leur serment,
Et Paris lui disait de choisir librement.

Vienne, malgré cela, ne voulut rien en faire,
Ainsi que je vous l'ai, un peu plus haut, appris,
Dès lors elle avoua la vérité entière
Sur son engagement à l'égard de Paris.
Elle lui dit ce qui suit : « Mon tendre, mon cher père,
Vous pouvez épargner vos mots et votre esprit,
Car il ne se peut pas que vous m'y forciez.
Même si à l'instant vous me suppliciez.

Vous pouvez bien penser que j'ai manqué de chance :
Un aveugle lui-même à présent le verrait !
Que vous me disiez indigne de confiance,
Cela, je le prétends, ne sera jamais vrai.
Tuez-moi maintenant, prenez votre vengeance,
Couvrez de coups ma tête, écorchez-moi d'un trait !
Mais si c'est votre choix, faites-le en vitesse,
Pour que s'éteigne enfin la flamme qui me blesse. »

Le roi était alors frémissant de fureur,
Livré à la douleur, à une crainte immense :
Il allait au-devant d'un profond déshonneur,
Et ne savait comment masquer sa déchéance.
Et tandis qu'il était en proie à cette humeur,
On entendit soudain, très fort, dans tous les sens,
Jubiler, exulter, s'époumoner sans frein :
« Le voici, le beau-fils de notre souverain ! »

Le vieillard s'effraya à ces cris de gaieté,
Une montagne, au moins, lui pesait sur le cœur.
Il quitta donc sa fille avec brutalité,
Et se fit escorter de clercs et serviteurs.
Il accueillit son gendre avec l'air dépité,
Car on ne peut cacher les sincères douleurs,
Mais il s'était trouvé un prétexte banal :
« Excuse-moi, dit-il, je me suis trouvé mal.

Cette maladie-là ne m'aurait tant déplu,
Si elle n'eût touché aussi ta fiancée.
Cela fait bien trois jours, ou quatre tout au plus,
Que de garder le lit elle s'est vu forcée.
J'ai fait pour la soigner tout ce qu'il a fallu,
Et tous les médecins ont la même pensée :
Ce n'est qu'un coup de froid, pas de quoi se soucier,
Dans un délai très bref, elle sera sur pied. »

À ses hôtes il fit de splendides honneurs,
Le boire et le manger, servis à louches pleines :
« Dégustez et buvez, festoyez de bon cœur ! »
On fit durer cela au long de deux semaines,
Tandis qu'on insistait près de Vienne en toute heure,
Employant maints recours, se donnant mille peines
Dans l'espoir qu'on pourrait accomplir le mariage
Mais on n'obtenait pas qu'elle se montrât sage.

## CHANT 8

Lorsque le roi eut vu, que malgré son désir,
Cet homme ne pourrait devenir son beau-fils –
Est-il vraiment besoin que je veille à le dire –
Son cœur en fut brisé et il fut au supplice !
Il ne savait comment il lui fallait agir,
Pour que l'homme partît sans demander justice.
Il demeura longtemps, songeant et se taisant,
Et lui faisant donner de somptueux présents.

Il dit : « La maladie de Vienne est persistante,
Ta présence l'empire, ô cher fils honorable !
Vienne était quand tu vins déjà plutôt souffrante,
Son état, aujourd'hui, n'est que plus lamentable.
Et puis, tu dois souffrir de cette longue attente :
Tu peux rentrer chez toi, c'est même préférable.
À ton père transmets mon meilleur souvenir,
Et quand elle ira mieux, je te le ferai dire. »

Le pauvre ayant prêté foi à cette trouvaille
Ne voulut ajouter à leur contrariété.
On fit de grands adieux avant qu'il ne s'en aille.
Il s'en revint chez lui contre sa volonté.
À son père il conta dans le plus grand détail
L'honorable façon dont ils furent traités
Et dit que Vienne, hélas, s'était trouvée souffrante,
Et qu'il y reviendrait la sachant bien-portante.

Lorsque s'en fut allé le convoité beau-fils,
Le roi, sans retenue, commença à gronder
Contre sa propre fille et contre la nourrice :
« Vous allez le payer putains dévergondées ! »
Et enflammé d'une fureur dévastatrice,
Il jeta toutes deux dans une tour gardée
Qui était élevée et profonde sous terre :
Les deux nobles amies vécurent sans lumière.

Elles avaient pour lit de la paille grossière,
Quant à la nourriture : eau et pain pour seul plat.
Même avec une chair plus solide que fer,
Nul ne pourrait survivre à ces conditions-là.
Le roi leur infligeait ce châtiment sévère,
Pour que leur faute fût punie avec éclat.
Quand la vache est perdue pour de bon, bien souvent,
On verrouille l'étable et derrière et devant.

Il avait le souhait de lui faire accepter
Son offre pour pallier ce terrible martyre.
Mais tout effort était perdu de ce côté,
Il aurait même pu en morceaux la réduire.
Elle n'était inquiète, elle ne regrettait
Que quand elle voyait Isabelle souffrir.
Vienne, de sa santé, ne s'embarrassait guère,
Un bon mois s'écoula dans cet état précaire.

## CHANT 8

Le fiancé depuis qu'il avait dû rentrer
S'était vu affronter des journées éprouvantes.
Il n'avait pas reçu de billet, il est vrai,
Mais à Vienne il voulut retourner sans attente
Car plus fort que ne font quatre ou cinq bœufs de trait
Peut tirer après soi un cheveu de l'amante.
C'est ainsi qu'un beau jour, il fit comme promis,
Et s'en vint escorté de plus de douze amis.

Il fit en arrivant de la maison le tour
Comme si, chez les siens, il venait de rentrer.
Et on lui prodigua bien des marques d'amour,
Quand, en réalité, les cœurs se fissuraient.
Chacun lui témoignait l'amitié de toujours,
On s'efforçait qu'il ne pût rien subodorer.
Il désirait voir Vienne avec la même ardeur
Mais n'osait demander par excès de pudeur.

Il parcourut les lieux avec belle constance,
Regardant à travers les fenêtres, les portes.
Comme le chat épie le rat de tous ses sens,
Ainsi épiait-il tant sa faim était forte.
Le roi comprit alors qu'il n'avait plus de chance,
Et qu'il ne pouvait plus le tromper de la sorte.
Alors il le mena dans une chambre à part
Et lui raconta tout d'un ton de voix geignard.

Il lui raconta tout, malgré sa réticence,
Et dans ses yeux luisaient des larmes très sincères :
Ce qui l'avait conduit à entrer dans la danse
Quand il pensait pouvoir devenir son beau-père,
Comment il avait vu trompée son espérance,
Alors qu'il se croyait près d'achever l'affaire,
Et comment s'écroula son bonheur triomphant,
Quand il eut consulté la malheureuse enfant.

Il lui dit qu'elle avait repoussé sa prière,
Ne souhaitant jamais accepter de mari.
Elle était sur ce point plus dure qu'une pierre,
Il s'en rendrait bien compte en voyant à quel prix :
Car elle est condamnée à rester prisonnière
Dans un donjon profond où rien ne lui sourit.
Et elle doit souffrir, là-bas, mille détresses,
Afin qu'elle renonce à ses idées traîtresses.

« Aussi sache, dit-il, toi, mon fils très précieux,
Que cela ne dépend plus de ma volonté.
Et le Seigneur sait bien, sur son trône des cieux,
À quel point, dans mon cœur, je peux le regretter.
Tout ce que je te dis ici entre quatre yeux,
J'aurais pu l'avouer plus tôt en vérité,
Mais d'espoir je gardais encore une lueur
De la voir regretter l'âpreté de son cœur.

C'est pourquoi mon cher fils, regagne ta maison,
Je ne peux te garder plus longtemps sans rien faire.
Je te prie seulement d'expliquer mes raisons
Autant que tu le peux à ton aimable père.
Aussi je te supplie, qu'en toutes les saisons,
Tu laisses Dieu régir les choses de la terre.
Pour le reste je suis votre humble serviteur. »
Et il parla encore avec lui toute une heure.

Quand le noble jeune homme eut ouï ces nouvelles,
Il fut paralysé et pris d'égarement.
Il sentait en son sein une peine cruelle :
Je n'en ai, à vrai dire, aucun étonnement.
Pourtant, il s'exprima d'une langue de miel :
« Je connais comme vous la loi parfaitement :
La charge et le pouvoir d'unir hommes et femmes,
Sont là-haut, chez Celui qui y inscrit nos âmes.

Si c'est ainsi que Dieu a mon destin scellé,
Aucun homme jamais ne pourra m'y soustraire.
Je devais, semble-t-il, me faire refouler,
Dieu l'ayant décidé de pareille manière.
J'apprécie la façon dont vous m'avez parlé,
Ne vous justifiez plus, je n'ai pas de colère.
Aussi, vous ne m'avez pas fait la moindre honte,
Et ce qu'a voulu Dieu, je le prends pour mon compte.

Je requiers cependant de vous une faveur,
Il n'est, à part cela, rien que je ne souhaite :
C'est que vous me laissiez voir Vienne tout à l'heure,
Avec elle échanger quelques phrases honnêtes. »
Le roi le salua avec grande chaleur,
Et dit qu'il voulait bien répondre à sa requête.
Alors on informa sans attendre Isabelle,
Afin qu'elle tentât d'adoucir la rebelle.

Et l'on fit parvenir tout au fond de la tour,
Des parures jolies, de riches vêtements,
Et une robe aussi, faite de brun velours,
Pour que Vienne brillât, qu'elle eût un air charmant.
On lui manda chapons et poules à leur tour,
Pour qu'elle se nourrît substantiellement.
Tout cela fut porté dans la prison cruelle.
Et Isabelle aussi fut mandée auprès d'elle.

« Tu as jeûné, dit-elle, à présent trop longtemps,
Tu t'infliges vraiment trop de sévérité.
Décharge-toi d'un poids, parle tant qu'il est temps,
Aurais-tu de mourir conçu la volonté ? »
Vienne railla ces mots sur un ton mécontent :
« Celui-là ne doit plus me coller au côté,
Je veux bien écouter ce qu'il souhaite dire,
Mais j'exige trois jours avant de l'accueillir.

Et pour que tout se fît avec honnêteté,
Je demande de voir l'évêque à la même heure. »
Vienne avait prononcé ces mots sans hésiter.
Aussitôt qu'Isabelle en saisit la teneur,
On alla chez l'amant pour les lui rapporter.
Cela n'était pour lui que roses et que fleurs.
À l'espoir de la voir et d'ouïr ce qu'elle dit,
Il se sentait tout droit entrer au paradis.

Était-elle liée d'une chaîne de fer ?
Vous pourrez en juger au bon tour que voici :
Que pensez-vous que Vienne a résolu de faire,
Des chapons qu'elle avait, et des poules aussi ?
Lorsqu'elle eut découpé les volailles entières,
La bonne Vienne prit et noua sans merci
Les morceaux sur sa peau, sous ses aisselles nues,
Et les y laissa là, trois jours en continu.

Quand fut enfin venu le temps de la visite,
Vinrent les compagnons qu'elle avait invités.
Le fiancé ne put approcher tout de suite,
Elle appela d'abord l'évêque à ses côtés.
Le jeune homme croyait, observant sa conduite,
Que tous les deux s'entretenaient de sainteté.
Et son cœur appréciait la belle demoiselle.
C'est vrai qu'il la voyait à l'éclat des chandelles.

Il s'avança enfin dans cette direction,
Et lui parla ainsi : « Ma noble demoiselle,
Vous avez su que votre père a l'intention
De prendre pour beau-fils ma personne fidèle.
Pourquoi vous inspiré-je une telle aversion,
Et pourquoi suis-je ainsi odieux à vos prunelles ?
Si j'ai fait une action qui ait pu vous déplaire,
Veuillez me pardonner : je me prosterne à terre !

Et je vous en supplie, femme aimée, noble cœur,
Faites plaisir à votre père, à votre mère,
Et faites-moi aussi, je vous prie, la faveur,
De dire "oui", sans plus tarder, à leur prière.
Si pourtant, à vos yeux, je manque de valeur,
Je vous fais le serment, la promesse sincère,
D'être votre laquais, de toujours vous servir,
Jusqu'à ce que d'ici je vous fisse sortir. »

Vienne lui répondit alors brièvement :
« Preux chevalier, dit-elle, et honnête seigneur,
S'il est vrai que mon père a prêté un serment,
Il n'a pas consulté ce qu'en disait mon cœur.
Je préfère souffrir cent morts assurément,
Et connaître toujours de plus grandes douleurs,
Plutôt que de commettre un péché assuré.
Voulez-vous m'écouter, je vais tout vous narrer :

J'ai pris un fiancé il y a bien longtemps,
À quel moment ? Comment ? Je ne veux pas le dire.
Je ne veux pas en prendre un autre en le quittant :
Aussi veuillez calmer, je vous prie, vos désirs.
Je veux aussi vous dévoiler tant qu'il est temps,
La maladie, qui sur la peau, me fait souffrir.
Si vous pouviez me voir, vous seriez effrayé,
Et vous la sentiriez, si vous vous approchiez.

Je vous le dis, mon corps est touché par malheur,
Je ne veux vous bercer d'excuses mensongères.
Mes journées sont comptées, je le sais sans erreur,
Car mon corps pourrissant en est le signe clair. »
Quand ils eurent soudain senti la puanteur,
Ils pâlirent tous deux tant ils s'en effrayèrent.
Ils crurent aussitôt que tout était bien vrai.
Et la pitié poussa l'un et l'autre à pleurer.

C'est qu'ils croyaient alors percevoir les détails :
Ils voyaient sur son corps des trous et des blessures.
C'était en vérité l'odeur de la volaille,
Qu'elle avait attachée par une ligature.
Ils s'enfuirent enfin loin de ce soupirail
Et s'en vinrent trouver le roi à toute allure
Afin de lui conter cette nouvelle histoire,
Et ce que, de leurs yeux, tous deux avaient cru voir.

Il s'en alla bientôt, le jeune visiteur,
Et s'en revint chez lui en chevauchant bien vite.
Là-bas on entendit soudain une clameur,
Répandant les raisons de sa venue subite.
S'il ne pouvait lui-même éventer la rumeur,
Des courriers devaient la porter tout de suite.
Il répandit partout la nouvelle du mal,
Dans l'espoir de cacher la honte et le scandale.

En dépit de cela, le père, le Dauphin,
Ne voulut se fier à telles simagrées.
« Tant que tiendra ma ville, affirma-t-il enfin,
Ma fille y restera dans la tour enterrée !
Qu'elle se laisse aller, qu'elle meure de faim,
Qu'elle atteigne là-bas la ruine désirée !
Qu'elle y pourrisse enfin et tombe en mille pièces,
Ou qu'elle veuille prendre un homme auquel j'acquiesce ! »

Je laisse tous ces gens pleins de rage et de fiel,
Et m'en vais vous chanter à présent de Paris.
Celui-ci a reçu bien des lettres nouvelles,
Venant d'Odoardo, son compagnon chéri.
Il y était écrit, pour Vienne et Isabelle
Tout ce que l'on avait tenté et entrepris.
Et il y précisait les prétentions du père,
Ne lui épargnant pas un seul mot de l'affaire.

Il lui disait aussi comment Vienne en la tour,
Se trouvait, malheureuse !, encore prisonnière.
Comme elle y languissait de nuit comme de jour,
Y vivait oppressée de multiples manières.
Comme aucun instrument n'y porterait secours,
Hache, pinces, burin et scie ne pourraient guère
Aider à la tirer de cette tour immense :
Son père l'y gardait pour servir sa vengeance.

Et lorsque tout cela à Paris fut connu,
Pensez comme son cœur fut saisi de douleur !
Sa bouche n'émit plus même un souffle ténu,
Sa langue se trouva figée dans la stupeur.
Son visage mettait ses sentiments à nu :
Pâle, froid, constellé de gouttes de sueur.
Il était tourmenté et il brûlait de rage,
Cela serait compris d'un enfant en bas âge !

Ces malheurs lui avaient d'un coup percé le cœur,
Il lui fallut alors longtemps se lamenter.
Sa plainte s'éleva au moins une bonne heure :
Je ne souhaite pas ici vous la chanter.
Son désespoir atteint de telles profondeurs
Qu'il renonça, dès cet instant, à résister.
Il n'eut jamais si mal durant son existence :
« Rester ici, dit-il, n'a plus le moindre sens ! »

C'est ainsi qu'il trouva un imposant navire,
Auquel il fit larguer bien vite les amarres.
Il trouva un valet qui voulut bien partir,
Et, par vent favorable, on vogua sans retard.
Il avait cependant pris la peine d'écrire
Un billet qu'il laissa au moment du départ,
Chez un ami génois auquel il se fia
Pour qu'à Odoardo bien vite il l'envoyât.

Il y racontait tout sur son éloignement,
Disant qu'il s'apprêtait à quitter le grand port.
Il dit qu'il n'écrirait plus rien dès ce moment
Et qu'il n'attendait pas qu'on lui écrive encore.
À son cher frère il dit, le pria instamment,
De ne pas désormais ménager ses efforts,
Afin de réussir, pour Vienne et Isabelle,
À leur porter secours en un temps moins cruel.

C'est ainsi que Paris partit à vive allure,
Il vit le capitaine et paya en personne,
Puis il vogua, comme un aveugle, à l'aventure,
Car peu lui importait si la mer était bonne.
Mais le navire avait bon vent dans la voilure,
Et s'en vint vite à la cité de Lavilone.
Il poursuivit sa route et passa Andrinople,
Pour arriver enfin jusqu'à Constantinople.

Alors il s'arrêta, en Turquie, un moment,
Auprès des égarés qui peuplent ce rivage.
Il y vécut deux ou trois ans probablement
Jusqu'à ce qu'il parlât des maures le langage.
Il y parla le turc tout aussi couramment
Comme s'il était né dans ces contrées sauvages.
Mais quoiqu'il fût resté là-bas assez longtemps,
Il n'en oubliait pas sa Vienne pour autant.

Il ne pouvait jamais quitter ce souvenir,
Il était sans arrêt imprimé dans son cœur.
Ce voyage, dès lors, ne semblait plus suffire :
Il voulut chevaucher vers l'Égypte sur l'heure
Et il se prépara aussitôt à partir.
Avec grande prudence, à l'instant le meilleur,
Il s'en alla suivi de sa livrée soumise
Avec d'honnêtes gens et bien des marchandises.

Je le laisse finir sa route sans problème –
J'ai bien parlé de lui, cela devrait suffire –
Car je veux à présent chanter un autre thème :
Ce que je vais vous dire est exact, sans mentir.
Quand c'est la volonté du Souverain suprême,
Sachez que, sans délai, il peut tout obtenir.
Écoutez à présent les faits peu ordinaires
Qui eurent lieu dès lors qu'ils étaient nécessaires.

On avait déclaré depuis assez longtemps,
Au moment du récit, dans ces mêmes années,
Une guerre violente avec le grand sultan
Qui menait aux chrétiens une lutte acharnée.
Il s'agissait d'un roi au pouvoir important
Qui se montrait puissant dans toutes ses menées.
Il dominait alors les cités, les régions,
Devenues aujourd'hui du Turc les possessions.

## CHANT 8

Le roi païen passait son temps à provoquer
Les rois l'un après l'autre en de constantes guerres.
L'hiver était venu et tout était bloqué :
Les combats pour un temps avaient bien dû se taire.
Or, les chrétiens voulaient s'unir pour l'attaquer
Et ne plus supporter ses affronts sans rien faire.
Le pape et l'empereur dès lors se réunirent
Et avec leurs alliés vinrent s'entretenir.

Leur conseil se tenait, à huis clos, sous serment.
Ils promettaient de ne jamais rompre l'alliance
Et ils devaient dès lors s'efforcer constamment
D'infliger au païen une prompte vengeance.
Ils avaient décidé tous unanimement
De frapper, de brûler et de rompre la lance.
Chacun, de son côté, faisait quelque promesse :
Bateaux, gens ou argent, en fonction des richesses.

Et il était échu au noble roi de France,
Par décision du sort, et du conseil de guerre,
De mener à lui seul maintenant cette danse,
En tant que général de l'armée tout entière.
Il lui fallait mener la guerre avec prudence,
Selon la stratégie qui mieux saurait lui plaire.
Il se sentait hardi et il s'était juré
Qu'il irait en secret explorer la contrée.

## CHANT 8

Dès lors, soir et matin, la nuit comme le jour,
Le roi ne pensa plus qu'à sa grande mission.
Il lui fallait agir promptement, sans détour,
C'est ainsi qu'un beau jour il prit sa décision,
Et convoqua chez lui, par un mot clair et court,
Notre ami le Dauphin aux nobles intentions :
Dès qu'il lirait ceci, lui avait-il écrit,
Que vite il accourût le trouver à Paris.

Bien que, dans mon récit, j'aie dit qu'en général
Le Dauphin était riche et de grande valeur –
Il était grand, c'est vrai, et de lignée royale –
Il n'en est pas moins vrai, sachez-le à cette heure,
Qu'au Français il était soumis comme vassal,
Et qu'il devait payer la taxe à son seigneur.
C'est pourquoi aussitôt qu'on le fît demander,
Il chevaucha soudain sans vouloir s'attarder.

Il vint, comme j'ai dit, à la convocation :
Le roi lui réserva un excellent accueil,
Et il lui adressa des mots de compassion
Sur les noces manquées dont il portait le deuil.
Ils passèrent ce jour dans des conversations,
De sorte qu'il semblât finir en un clin d'œil.
Quand fut venue la nuit avec l'obscurité,
Le roi le prit à part, dans un lieu écarté,

Et lui parla ainsi : « Dauphin, écoute bien,
De l'alliance tu sais déjà tous les détails,
Et que j'en suis le chef et le tacticien.
Tu vois aussi bien sûr que la tâche est de taille :
C'est pourquoi j'ai pensé employer un moyen,
Qui me garantirait d'y parvenir sans faille.
Je crois en ce moyen, il doit me réussir,
Mais je crains, avant tout, qu'on ne pût me trahir.

À nul autre que toi, je ne ferais confiance,
Si tu veux accepter la mission de bon cœur.
Tu dois aussi participer à la défense,
Et cela te vaudra intérêt et honneur.
On reconnaît un homme en ces moments d'urgence,
Je n'ai rien à t'apprendre et connais ta valeur.
C'est pourquoi je te dis de prendre du courage,
Et de te préparer à faire un long voyage.

Entièrement couvert de nouveaux vêtements,
Il faudra, c'est mon vœu, bientôt te mettre en route,
Au pays du sultan entrer discrètement,
Épier sa contrée en la parcourant toute.
Quel est de ses cités le positionnement ?
Observe leurs points forts et ce qu'elles redoutent.
De l'ennemi quels sont les mots et les actions ?
Et où serait-il bon d'entamer l'invasion ?

Pendant que tu seras tout à cette aventure,
Je veux dès à présent préparer mes affaires :
Les lances, les canons ainsi que les armures,
Et tout le nécessaire au métier de la guerre,
Des bateaux pour voguer et de la nourriture,
Des soldats, des chevaux pour combattre sur terre.
Et quand l'été prochain enfin arrivera,
Le sultan connaîtra de rudes embarras. »

Le Dauphin répondit : « À ceci je m'engage !
Je veux m'y préparer et pense réussir.
Je vais avec courage entamer ce voyage,
Espérant ne jamais me laisser découvrir.
J'aurai l'air de partir pour un pèlerinage,
Et nul, à mon avis, n'y pourra rien redire.
Je pense avec prudence atteindre l'objectif. »
Et il rentra chez lui pour les préparatifs.

Il s'adressa aux siens : « J'ai décidé de faire –
Je veux m'en acquitter durant mon existence –
Un long pèlerinage au tombeau de nos pères :
Je n'en peux, plus longtemps, repousser l'échéance.
Je laisse ma couronne et mon sceptre derrière
Aux mains de mon épouse et pendant mon absence,
Elle prendra les décisions hautes et basses,
Avant que, si Dieu veut, au pays je rentrasse. »

Il se prépara donc sans compter ses efforts :
Il enleva d'abord son habit de soie pure,
Et revêtit un grand chapeau à larges bords.
Il prit d'un pèlerin le bâton de bois dur,
Et un manteau qui valait moins encore,
Comme s'il n'avait pas trois sous dans ses coutures.
Il monta en bateau, on arrima sur l'heure,
Et l'on rejoignit Chypre à l'aide du Seigneur.

Là-bas, il descendit et foula le rivage,
Suivant le long chemin qu'il venait d'entamer.
Il arriva enfin au but de son voyage,
Pour explorer comment tout était conformé.
Je le laisse en chemin : la pitié m'encourage,
À voir Odoardo, le chevalier aimé.
Je dois vous raconter ce qu'il fit à son tour,
Ayant lu le billet, au bout de quelques jours,

Je veux dire la lettre autrefois rédigée,
Par Paris au moment où il partait de Gênes.
Odoardo en fut vivement affligé,
Il s'en plaignit longtemps et en eut grande peine
Et il élabora d'astucieux projets
Pour pouvoir apporter cette nouvelle à Vienne.
Il voulait de tout cœur lui être secourable
Mais il ne trouvait pas de moyen convenable.

À présent qu'on lui eut fait comprendre comment
Le roi était parti à très grande distance,
Il se fit, en lui-même, un prompt raisonnement :
« Il est temps maintenant de tenter notre chance.
Nul n'y regardera trop attentivement,
Nul ne s'en mêlera d'un peu trop près, je pense.
Je m'en vais donc à Vienne apporter mon secours,
Au nom du cher Paris, mon ami de toujours. »

Pour ce faire il avait eu de l'inspiration
Après avoir longtemps étudié le sujet :
Il fit un bâtiment depuis ses fondations,
En pensant, grâce à lui, pouvoir les soulager.
Il avait savamment choisi sa position,
Près de la tour où les amies étaient piégées.
Il avait fait creuser profondément la terre,
Espérant rencontrer la tour des prisonnières.

Il creusa bien longtemps et bien profondément,
Et parvint à son but grâce au rude labeur :
Car il put, à la fin, trouver le fondement,
De la sévère tour, du cachot de malheur.
Odoardo héla : « Vienne » distinctement,
Et celle-ci pâlit tant elle en eut de peur.
Elle ne voyait pas qui cela pouvait être,
Et croyait que la Mort venait lui apparaître.

## CHANT 8

À la voix du jeune homme, ainsi qu'à son discours,
Les deux amies finalement le reconnurent
Et se mirent alors à creuser à leur tour,
À gratter vivement de leur côté du mur.
Au bout d'un certain temps, un trou fut mis au jour.
On put dès lors passer la main dans la fissure,
Faire rentrer par là plein de menus objets
Et comprendre aisément les propos échangés.

Odoardo transmit aide et consolation
Aux deux amies, jour après jour, par l'ouverture.
Par quel moyen ? Comment ? Et par quelles actions ?
Tout cela j'aimerais le raconter bien sûr.
Mais je vous laisse là : je crains l'inanition,
Ne vous plaignez donc pas de la mésaventure !
Une fois reposé, je reviendrai chanter
Cet ami vertueux et sa fidélité.

***Ce huitième chant, je ne veux pas le prolonger,***
***C'est ainsi qu'à l'instant je lui donne congé.***

## Je prie Dieu, mon soutien bienveillant, De m'aider pour le neuvième chant.

Quand un homme est heureux et couvert de richesses,
Il ne peut apprécier les amitiés réelles.
Car bien des faux amis auprès de lui se pressent,
Dans le même temps que ses compagnons fidèles.
Sur son épaule l'un prodigue les caresses,
Un autre est à genoux aussitôt qu'il l'appelle,
Un troisième le loue, fort bavard de coutume,
Un dernier sur sa robe essuie la moindre plume.

Parmi les intrigants qui près de lui se tiennent,
Combien, en vérité, le mordraient de bon cœur,
Mais l'honorent de mots et de gestes amènes,
Juste pour obtenir de lui quelque faveur.
Il suffit qu'un revers de fortune survienne,
Et que tout son argent disparaisse en une heure,
Pour qu'il distingue enfin les compagnons de prix,
De ceux qui le trompaient de fausses flatteries.

Ils ne l'admirent plus, ses amis illusoires,
Sitôt qu'il s'est trouvé privé de son aisance.
Pas un seul de ceux-là ne viendrait plus le voir,
L'amitié a fait place à de l'indifférence.
Mais le vrai compagnon ne craint pas les déboires,
L'argent n'aveugle pas les hommes de confiance.
Car lorsqu'une amitié provient du fond du cœur,
Elle ne pâlit point ni ne perd sa vigueur.

L'amour d'Odoardo ne changeait nullement
Dans les moments heureux comme dans les malheurs.
Paris ne connut pas le moindre manquement :
Nul ne jouit jamais d'une amitié meilleure.
Sa foi ne variait pas en fonction du moment,
Comme celle qu'Amnon eut pour sa demi-sœur.
Il trouvait délicieux de servir l'ami cher,
C'est l'amour qui liait David à son beau-frère.

Le père de Paris en a bien profité :
Le livre vous en a déjà conté l'histoire.
C'est que je me souviens que je vous ai montré
À quel point le Dauphin lui fit mille déboires,
D'autres vassaux alors avaient pu hériter
De ce que le pauvre homme avait perdu d'avoirs.
Odoardo montra une dévotion pure,
Et longtemps, à ses frais, lui porta nourriture.

Quel amour, à présent, et quelle dévotion,
Il eut pour son ami qu'il voulait assister.
Paris était parti pour son expédition,
Et l'on ne savait pas, sur terre, où il était.
Mais Odoardo fit la fière construction,
Et creusa un tunnel que nul n'aurait tenté.
Il y risqua sa vie et fit grande dépense
Voulant porter à Vienne, en son nom, assistance.

Je sais bien en quel point je vous avais quittés :
Lorsqu'il avait percé un trou vers l'intérieur,
Et comme j'ai promis de tout vous raconter,
Aussi vais-je tenir ma promesse sur l'heure.
Je peux bien l'affirmer car c'est la vérité,
Tout ce qu'il essayait avait grande valeur.
Comme je vous l'ai dit, il put percer le mur
Et il parla à Vienne à travers l'ouverture.

Il parla sur-le-champ et lui dit l'essentiel :
La façon dont Paris était parti au loin,
Et que nul ne savait sa demeure actuelle,
Ni où il se cachait avec autant de soin.
Dès que Vienne eut appris la terrible nouvelle,
Elle en fut effrayée, se sentit mal en point.
Son cœur pleura du sang et ses yeux se mouillèrent,
On eût dit un cadavre avant sa mise en terre.

Elle se lamentait, la demoiselle honnête,
N'était plus que soupirs et que gémissements,
Elle aurait fait jaillir une pierre muette,
D'une épaisse colonne au bruit de ses tourments.
« Il faut donc qu'en ce lieu demeure mon squelette,
Que pourrisse ma vie dans cet enfermement !
Si j'en avais l'espoir, je ne voudrais m'enfuir,
Puisqu'auprès de Paris je ne puis parvenir. »

Odoardo, devant ces plaintes aussi noires,
Voulut par son discours bientôt la soulager :
« Ma chère sœur, dit-il, n'aie point de désespoir.
Tu verras ton malheur sans doute s'alléger.
Le bon Dieu qui possède ici-bas tous pouvoirs
Peut te rendre Paris qu'il saura protéger.
Je n'épargnerai rien, nul argent, nul effort,
Dans l'espoir d'obtenir des détails sur son sort. »

Il les consola bien de ses paroles sûres
Et fut d'un grand secours par tous ses bons offices.
Il porta en prison de bonnes nourritures,
Pour fortifier leurs corps à ce moment propice.
S'il n'était arrivé à percer l'ouverture,
Vous pensez bien comment eût fini leur supplice,
Puisqu'on ne leur donnait qu'un peu de pain et d'eau :
Il fallait se hâter de lever leur fardeau.

Elles ne manquaient plus de rien en vérité,
Tandis qu'elles restaient au fond de cette tour.
Et sans perdre de temps on partit enquêter
Pour savoir de Paris quel était le séjour.
On le chercha ainsi un an sans arrêter,
Mais nulle information ne fut portée au jour.
Vienne espérait, pourtant, s'il n'y avait l'espoir,
J'aurais aussi perdu le fil de mon histoire.

Je laisse ces gens-là pour un temps patienter,
Et dans leur désarroi encore se languir
Car je ne veux sur eux plus rien vous raconter,
Avant que, de bonheur, je ne les fasse rire.
Je suivrai le Dauphin où je l'avais quitté
Pour voir ce que de lui il a pu advenir.
Je l'ai laissé guettant du sultan les domaines,
Hélas, combien il eut de malheur et de peine!

Le roi de ce pays, le sultan en question,
Avait chez les chrétiens, un comte à son service
Auquel il prodiguait, toujours à profusion,
Des coffres de doublons selon son bon caprice.
Cet homme malhonnête et traître à sa nation,
Était un vil trompeur plein de ruse et de vice :
Tout ce que les chrétiens faisaient et fomentaient,
Il l'allait au sultan sans faute rapporter.

C'est ainsi qu'il alla lui dire également
Que les chrétiens avaient décidé d'envahir,
Et où et quand et quoi et pourquoi et comment
Avec de grands moyens ils prévoyaient d'agir.
« Voulez-vous tout savoir, dit-il, précisément :
Prenez soin du Dauphin qui est un de leurs sires.
Il va venir chez vous couvert de tel costume,
Afin d'y épier vos lieux et vos coutumes. »

Le sultan, à ces mots, ne perdit pas de temps,
Cela ne fut pas dit à l'oreille d'un sourd.
Et il fit envoyer ses hommes à l'instant,
Surveiller chaque route et chaque carrefour.
Ceux-ci ne durent pas attendre bien longtemps
Avant que le Dauphin n'arrivât à son tour.
Il venait arborant tous les signes décrits,
Comme les serviteurs l'eurent promptement pris !

Et devant le sultan il fut bientôt mené.
Celui-ci se tourna vers lui avec colère :
« Vous m'insultez, chrétiens, par vos viles menées,
Préparant contre moi une alliance guerrière !
Aviez-vous donc réellement imaginé
Que ça n'atteindrait pas mes oreilles princières ?
Et toi, indigne traître, tu avais donc l'espoir
De venir en ces lieux afin de tout y voir ? »

Mot pour mot il lui dit ce qu'on a raconté :
Le lieu et le moment, le pourquoi, le comment.
Quand le pauvre Dauphin l'entendit relater,
Il se dit : « Ils verront aussitôt si je mens :
Je n'y gagnerais que de me voir tourmenter
Et je reconnaîtrai tout nécessairement. »
Dès lors, il raconta, en versant bien des pleurs
Qu'il était cet espion qu'annonçait la rumeur.

Le sultan rougissait dans sa colère ardente :
Il voulut aussitôt le faire transpercer
Ou lui faire subir quelque mort violente.
Ses sages conseillers lui dirent leur pensée :
« Écoutez donc seigneur, l'opinion suivante :
La mort ne venge en rien les maux de l'offensé.
Quand vous l'aurez tué, il se raidira vite,
Vivre dans les tourments est pis que mort subite. »

Le roi fut satisfait de ce prudent conseil :
« C'est très bien, leur dit-il, qu'il paye son forfait ! »
Il demanda alors à ses valets qu'ils veillent
Qu'à ses pieds et ses mains des chaînes soient greffées.
Il dit comment enfin il exigeait qu'il paye
Et précisa ce qu'on ferait à cet effet.
On le fit donc porter jusqu'en Alexandrie,
S'y trouvait la prison où il resterait pris.

Il s'agissait, je crois, d'une tour faite en pierre,
Qui était tout à fait impossible à percer.
Ni lune ni soleil n'y portait de lumière,
Un peu d'air n'y pouvait pas même s'immiscer.
Elle était fort mauvaise, humide et pestifère,
Le corps du prisonnier s'y trouvait oppressé.
Ils jetèrent là-bas le Dauphin malheureux,
Souhaitant que sa vie faiblisse dans son creux.

Du pain et de l'eau seuls, lui étaient accordés,
Et l'on en mesurait chaque once, chaque miette.
L'on fit aussi venir, là-bas, pour le garder,
Des hommes très puissants, à l'attention parfaite.
Seule la mort, dès lors, lui était concédée :
Il s'attendait, le pauvre !, à y laisser la tête.
Des maux, son noble corps n'avait nulle habitude,
Songez s'il survivrait en un endroit si rude !

Et la triste rumeur de cette déchéance,
Arriva jusqu'au pape, au roi, à l'empereur.
Celle-ci peina fort le souverain de France,
Et il le démontra par de vives clameurs.
Il criait, sanglotait, avec tant d'abondance
Qu'il se cassa la voix : telle était sa douleur !
Une plainte courut dans l'Italie entière
Aussitôt qu'on connut ce destin si sévère.

Une ambassade alors fut aussitôt chargée
De sauver le Dauphin par quelque moyen sage.
Et l'on dit au sultan qu'il pouvait exiger
Tout ce qu'il lui plairait pour le prix de l'otage.
Ils firent des efforts pour sauver leur sujet,
On harcelait le roi, lui donnant mille gages :
« Non, leur répondait-il, l'argent n'y fera rien,
Il doit pourrir là-bas comme tous les vauriens ! »

La nouvelle brisa les poitrines, les cœurs
De sa famille et de sa femme endolorie.
Sur leur triste visage se lisait le malheur :
Moi, je plains plus leurs maux que les maux du mari.
C'est que j'ai contre lui un soupçon de rancœur,
Je ne lui ferai pas de vaines flatteries.
Il l'a bien mérité, et je le dis sans peine,
Pour n'avoir pas donné le bon Paris à Vienne.

Je le laisse, très faible, au fond de sa prison
Comme il avait laissé celle qu'il a maudite,
Et je m'en vais chercher Paris, non sans raison,
Car je crains, si j'attends, de l'égarer ensuite.
C'est que je ne l'ai vu depuis tant de saisons,
Que j'ai peine à savoir où il est dans sa fuite.
Tandis que se passaient les faits que j'ai narrés,
Il visita beaucoup de villes, de contrées.

Je l'ai laissé partir, ce chevalier si fier,
Vers l'Égypte où courant l'emportaient ses chevaux.
Il s'est peu reposé depuis la fois dernière
Puisqu'il a voyagé et par monts et par vaux,
Jusques à Calcutta, à travers l'Inde entière.
Il se rendait toujours dans des pays nouveaux,
Dans des endroits enfin que je nommerais bien,
Si je n'étais certain qu'ils ne vous diraient rien.

À Damas, à présent, il était de retour,
Mais il ne tarda pas enfin à repartir :
Il se fatiguait vite et tout lui semblait lourd,
Ne pouvant en nul lieu arrêter de souffrir.
Il dépensait beaucoup dans ces divers séjours
Et voulait malgré tout continuer à fuir.
Assommé comme un homme au deuil sempiternel,
Il prit la décision d'aller jusqu'à Babel.

Tel le sort d'un malade alité, enfiévré,
Sentant tantôt le froid et tantôt la chaleur,
Et ne pouvant jamais trop longtemps demeurer,
Une heure sur le dos, sur le ventre une autre heure,
Par instants sur un banc, sur un coffre étiré,
Croyant pouvoir ainsi soulager la douleur,
Mais ne trouvant jamais remède à sa souffrance
Telle était à présent de Paris l'existence.

Très vite, il se sentait de tous les endroits las,
De-ci, de-là, il ne cessait de repartir.
Il arriva ainsi dans cette ville-là
Qu'avec tout le pays il voulait découvrir.
Il avait connu tant de maux avant cela,
Que la chance à la fin devait bien lui sourire.
Il chevaucha longtemps sa monture docile,
Jusqu'à ce qu'il parvînt enfin dans cette ville.

Depuis cette cité, le sultan, grand seigneur,
Commandait sur son trône à ses terres entières.
L'on y avait bâti de spéciales demeures,
Que l'on reconnaissait à leurs enseignes claires.
Elles étaient louées au premier voyageur
Lorsqu'il se présentait d'au-delà les frontières.
C'est ainsi que Paris y prit une chambrée,
Car c'était du pays la mode consacrée.

Il s'habillait selon l'usage convenu,
En gardant d'ordinaire un turban sur la tête,
Et le menton imberbe autant que la main nue,
Arborant par-dessus des moustaches replètes.
Aucun homme jamais ne l'aurait reconnu,
Chacun le croyait turc à voir sa silhouette.
Et il savait aussi des maures le langage
Comme s'il vivait là depuis son plus jeune âge.

Ce fut ici que demeura longtemps Paris
Dans l'humble compagnie de son fidèle page.
De son amour pour Vienne il n'était pas guéri,
Mais je n'ai pas besoin d'en dire davantage.
À côté de la ville était une prairie :
Paris se distrayait parfois dans ces parages,
Car on allait là-bas jouer, danser, flâner,
Et l'on y oiselait toutes les matinées.

C'est là que s'unissaient les oiseleurs du roi,
Ayant sur un perchoir toute une collection
D'espèces distinguées de beaux oiseaux de proie,
Des aigles, des faucons, chassant à perfection.
Quand il eut bien longtemps vaqué à cet endroit,
Le vertueux Paris en conçut la passion.
Il y vint tous les jours avec beaucoup d'ardeur
Dans l'espoir d'arracher la douleur de son cœur.

Quand il était au milieu d'eux, à l'occasion,
Il laissait échapper un petit mot discret :
Il avait, en cet art, eu quelque formation.
Chacun des oiseleurs pouvait s'en assurer.
Un jour, ils vinrent tous nouer conversation,
Et furent avec lui longtemps à conférer.
Les mots qu'ils s'étaient dits le mirent en faveur,
Il fut, en quelque temps, l'ami des oiseleurs.

Comme il venait chez eux, souvent, jour après jour,
La nouvelle amitié se trouvait renforcée.
Ils témoignaient pour lui d'un très sincère amour.
Ils voulaient l'honorer sans jamais s'en lasser :
Ils désiraient qu'il vînt oiseler à son tour,
Et le lui demandaient de façon empressée.
Ils avaient chaque jour pour lui plus d'affection
Car il les attirait par ses nobles actions.

Peu de temps s'écoula, il arriva qu'un jour,
Tandis qu'il se trouvait près d'eux à discuter,
Le chef des oiseleurs commença ce discours :
« Je possède chez moi un beau faucon dompté,
Que le roi a jugé le meilleur de sa cour
Et que pour un royaume, il ne voudrait quitter.
Depuis peu, il est mal, son corps s'est rempli d'air,
Et je ne peux le rendre à ses forces premières.

J'ai déjà essayé cent arts de cent écoles,
Et aucun de ceux-ci n'a paru réussir. »
Alors Paris lui dit : « Ce mal qui vous désole,
Je peux, me semble-t-il, aider à le guérir.
Avant que ce faucon ne prît son prochain vol,
Il faudra tout d'abord ses plumes raccourcir.
Et si je peux le voir, je saurai t'enseigner
Un moyen grâce auquel tu pourras le soigner.

L'oiseleur, à ces mots, eut une joie nouvelle
Et montra le faucon dans l'espoir d'une cure.
Paris lui conseilla : « Va chercher telle et telle
Herbe à lui proposer avec sa nourriture.
Tu pourras voir alors leurs bienfaits naturels,
Et si ces plantes-là sont un remède sûr. »
L'oiseleur n'hésita nullement à le croire,
Il voulut prestement l'essayer pour le voir.

Il ne demandait qu'à lui donner sa confiance,
Pour ne rien négliger, il agit aussitôt :
Il donna à l'oiseau les herbes pour pitance,
Coupées très finement à l'aide d'un couteau.
À la fin il pouvait voir de toute évidence
Comment de jour en jour se desserrait l'étau.
En moins d'un mois l'oiseau retrouva la santé,
Plus frais et plus fringant qu'il ne l'avait été.

L'oiseleur au sultan vint raconter l'histoire.
Et porta le faucon, étonnant son seigneur :
« Prenez donc, lui dit-il, comme vous pouvez voir,
La santé de l'oiseau ne fut jamais meilleure ! »
C'était pour le sultan un acte méritoire
Et il lui supposa quelque art de guérisseur.
Il lui fit donc des dons pleins de magnificence
Tels qu'il s'en souviendrait toute son existence.

L'oiseleur conservait à l'esprit bien présent
La bonté de Paris et son noble secours.
Il voulut avec lui partager ses présents :
« Compte sur moi, dit-il, jusqu'au bout de tes jours !
L'amitié dans mon cœur brûle fort à présent :
Je suis à ton service et le serai toujours.
Je te promets aussi que dans très peu de temps,
Je te ferai bien voir aux yeux de mon sultan. »

Le bon garçon lui disait donc mille mercis.
Ils jurèrent tous deux de demeurer des frères.
Or, Paris disposait d'autres amis aussi,
Dont la fréquentation lui était aussi chère.
C'étaient des moines pieux qu'il appréciait ainsi
Car ces hommes croyaient en la foi de ses pères.
Et Paris, à leurs yeux, voulut se découvrir.
Il prit garde pourtant de ne pas tout leur dire :

«Je suis venu, dit-il, habiter cette terre,
Lorsque j'étais encore un enfant en bas âge.
Depuis lors j'ai perdu et mon père et ma mère
Et n'ai pu les trouver auprès d'aucun rivage.
J'ignore le latin le plus élémentaire –
J'avoue que cela m'est vraiment un grand dommage –
Ainsi que le parler des hommes de là-bas.»
Avec eux il avait de très fréquents débats.

Souvent on discutait des lointaines contrées.
Paris poussait alors des plaintes, des soupirs.
Souvent on évoquait les guerres déclarées.
Sans arrière-pensée, l'un d'eux se mit à dire :
«J'ai entendu louer votre force admirée,
Celle du pape et de vos rois dans leurs empires.
Nous autres pour cela nous étonnons sans cesse
Que le sultan ait pu piller tant de richesses.

Car j'ai bien remarqué comment de jour en jour,
Il inflige la honte à tous les rois chrétiens
Et qu'aucun parmi eux ne parvient en retour
À s'emparer chez lui même d'un petit rien. »
Paris lui répondit : « Je vous dis sans détour,
Que la cruche est trop pleine : elle cassera bien !
C'est que j'ai entendu raconter clairement,
Que l'on se préparait à de prompts mouvements. »

« Oui, dit celui-ci, tu ignores peut-être,
Qu'il y a de cela très peu de temps encore,
Est arrivé un homme en costume de prêtre
Qui a malheureusement connu un mauvais sort.
Le roi, pour le punir, dans les fers l'a fait mettre :
Le voici prisonnier, privé de tout confort,
Au port d'Alexandrie dans un cachot infâme
Jusqu'à ce que le pauvre y rendît enfin l'âme.

Pour autant qu'en ceci, mes réflexions sont bonnes,
Il ne mérite pas cette basse sentence.
Là-bas, dans son pays, il portait la couronne,
Il était envoyé par le grand roi de France,
Afin que de son mieux il parcoure et espionne
Notre pays en l'observant dans tous les sens.
Le sultan cependant en apprit le mystère
Et le fit enfermer dans sa grande colère. »

Paris, en l'entendant, ressentit de la peine :
« Savez-vous, leur fit-il, le nom de l'arrêté ? »
Un moine dit : « Dauphin, autant qu'on s'en souvienne,
Mais je ne pourrais pas davantage ajouter. »
Un autre précisa : « Je crois qu'il est de Vienne »,
Cela lui découvrit toute la vérité.
Alors Paris sentit une grande stupeur
Et il se mit en route en les quittant sur l'heure.

Il s'en revint chez lui, songeant avec ardeur
Et se sentant saisi par une joie brutale
Car il se rappelait tout au fond de son cœur
Qui avait tourmenté son père si loyal.
Il se dit cependant : « Cet homme est mon seigneur,
Me faut-il donc venger tout ce mal par du mal ?
Puisqu'il me refusait, jadis, la main de Vienne,
Il se peut qu'il agrée si je le sors de peine. »

Comme il était plongé dans maintes réflexions
Qui occupaient beaucoup son cœur et son esprit,
Il prit finalement la grande décision
De se rendre aussitôt au port d'Alexandrie.
Il voulait engager toutes ses possessions
Et le faire échapper de là-bas à tout prix.
Il voulait employer esprit, ruse et adresse.
Chez les moines courant avec grande prestesse,

Il demanda alors une nouvelle fois
Tout ce qu'ils connaissaient au sujet de l'affaire.
Il souhaitait savoir quand, comment et pourquoi
Nul n'avait pu trouver d'entente financière.
Un moine répondit : « Il est venu, ma foi,
Une ambassade ici dans l'espoir de le faire.
Mais il a bien fallu sans gloire qu'ils s'en aillent. »
Et ils lui dirent tout dans le moindre détail.

Paris parla alors aux moines, ses compères :
« Cet homme, en vérité, j'aimerais bien l'entendre.
Votre langue pourtant ne m'est pas familière :
Que ferions-nous donc sans pouvoir nous comprendre ?
C'est pourquoi je te prie, mon bon, mon très cher frère,
De m'aider dans l'action que je veux entreprendre.
Suis-moi dans ce voyage et fais-le volontiers,
Je ne veux pas, en vain, prier ton amitié. »

Le moine répondit : « Je le fais de bon cœur,
Sans croire que ton plan pût être exécuté.
Je te donne pourtant ma parole d'honneur,
Que je ne veux dès lors plus jamais te quitter. »
Ils trouvèrent ainsi l'entente la meilleure
Prévoyant de partir avec célérité.
« Attends, lui dit Paris, que j'aie fait mes adieux. »
Le besoin d'un secours le rendait soucieux.

Il alla aussitôt trouver ses oiseleurs,
Qui, dans leur gratitude, étaient fort secourables,
Quand bien même ils pouvaient y voir un déshonneur
Et leur intercession n'être pas profitable.
En Allemagne on dit un mot révélateur :
C'est au cœur du malheur qu'on devient malléable.
Nos sages l'ont bien dit, mais d'une autre manière :
La détresse transperce et l'acier et la pierre.

C'est pourquoi chez ceux-ci, il décida d'aller.
Il les y trouva tous, les petits et les grands.
Il s'adressa à eux, je vous en ai parlé,
Afin de faire appel à leur amour si franc.
Il se plaignit beaucoup, en homme inconsolé,
Au fort de son émoi, il finit en pleurant :
« Je dois partir, dit-il, de votre compagnie
Dieu sait que cela met mon cœur à l'agonie.

Mais je n'ai pas le choix, je m'y vois obligé.
Dieu sait que je le fais avec grand déplaisir.
Je ne connais personne au long de mon trajet,
Et j'ai bien peu d'argent pour pouvoir m'en sortir.
Je vous prie de tout cœur d'appuyer mon projet :
Veuillez de votre roi une lettre obtenir
Qui de douane et de frais m'exempterait d'office
En disant que je suis mandé à son service. »

Ce voyage affecta beaucoup les oiseleurs
Car ils s'étaient déjà tous faits à sa présence :
« Selon nous, dirent-ils, si jamais tu demeures,
Tu auras du sultan de belles récompenses. »
« Non, leur répondit-il, je le dois sur l'honneur !
Mais dans six ou huit mois, je le dis en conscience,
Pas plus tard que cela, je serai de retour,
Et je vivrai chez vous le restant de mes jours. »

Ils lui dirent alors : « Puisque tu veux partir,
Cette lettre est à toi, crois-le sans t'inquiéter !
Et si notre conseil pouvait te convenir,
Tu viendrais avec nous au roi te présenter. »
Un beau jour donc, les oiseleurs le conduisirent
Se prosterner devant le roi, sa majesté.
Ils prirent la parole aussitôt, tous en chœur,
Pour faire de Paris un éloge flatteur.

Ils le disaient louable en toute circonstance,
Et chantaient sa noblesse et sa fidélité
Racontant qu'il avait guéri par sa science
Le faucon qu'on n'avait pu rendre à la santé.
« L'argent ne peut payer tel homme de confiance ! »
Ils dirent d'autres mots que je ne veux chanter,
Parlèrent de la lettre, selon son bon désir,
Et prièrent le roi d'y vouloir consentir.

Paris plut au sultan quand il l'eut vu en face.
Il pouvait prêter foi à ses informateurs.
« Mon fils, si tu voulais accepter cette grâce,
J'aimerais te payer en tant que serviteur,
Et voudrais t'accorder des biens qui égalassent
Ceux de tes compagnons, de mes chers oiseleurs. »
Le sultan ajouta : « Reste parmi les miens,
Je ne te laisserai jamais manquer de rien. »

Paris fit au sultan mille remerciements,
Avec honnêteté et courtoisie sincère :
« Mon roi, dit-il, je dois partir absolument,
Acceptez, je vous prie, ce départ nécessaire,
Et j'espère que Dieu, assez prochainement,
Me laissera rentrer près de vous, dans vos terres.
Car dans six mois je serai là, peut-être moins.
Et je vous servirai alors de tous mes soins. »

Désormais le sultan voyait de façon claire
Qu'il lui fallait partir, qu'il n'y pouvait faillir.
Il alla sur-le-champ chercher son secrétaire,
Pour qu'il lui fît un pli selon son bon désir.
Le sultan fit bien plus qu'exaucer sa prière,
Disant : « Empresse-toi pour notre ami d'écrire
Une lettre donnant libre circulation
Sur mes terres à lui et à ses compagnons.

Et qu'il obtienne aussi bateaux et équipages,
Ainsi qu'en toute ville un endroit où dormir.
Et tu prendras bien soin d'écrire ce message,
Comme s'il se trouvait mandé pour me servir. »
Le secrétaire fit sans retard cette page,
Aussitôt achevée, il vint la lui offrir.
On lui fit faire aussi de nouveaux vêtements.
Paris dit en partant bien des remerciements.

Il était très pressé de se mettre en chemin.
Les tristes oiseleurs auraient voulu se pendre
Mais chacun, à son tour, vint lui serrer la main
Et offrir un présent qu'il le priait de prendre.
Puis, comme il s'en allait, ce fut un cri commun :
Il devait s'efforcer de rentrer sans attendre !
Il leur répondit « oui » puis courut sans ambages
Et retrouva le moine apprêtant son bagage.

Comme à se préparer ils furent efficaces !
Ils n'épargnèrent rien, en aucune manière.
Le soir, dans le bateau, ils prirent déjà place,
Toutes voiles lâchées bientôt ils naviguèrent.
Ils furent très souvent effrayés de menaces
Liées au mauvais temps qui régnait sur la mer.
Mais l'on voguait toujours, il fallait à tout prix
Arriver sans retard au port d'Alexandrie.

Aussitôt accosté, Paris mit pied à terre,
Il vint trouver son hôte, un juge en la cité,
Lui tendant sans tarder la missive princière.
Ils parlèrent alors ensemble à satiété.
On donna à Paris une maison entière,
De tout le nécessaire il fut bientôt doté.
« S'il vous faut, lui dit-il, aussitôt repartir,
Je vous fais préparer chevaux ou bien navires. »

« Non, répondit Paris, je n'en veux pas pour l'heure,
Quand j'en aurai besoin, je viendrai vous le dire.
Le voyage, la mer, et la grosse chaleur
Ont véritablement fini par m'affaiblir.
Je vais donc pour l'instant soulager ma langueur :
Quelques jours ne sauraient à mon voyage nuire. »
« Ce garçon, pensait l'autre, est vraiment très aimable »,
Il lui fit un accueil décent et honorable.

Il se passa ainsi une semaine entière.
On lui prodiguait tous les biens imaginables.
En lui-même, il se dit : « Il faut dans cette affaire,
Agir d'une façon sensée et raisonnable. »
Je ne vais pas chanter, ce n'est plus un mystère,
À quel point il était rusé et remarquable.
Il interrogea tant qu'il put apprendre enfin
Quelle était la prison où logeait le Dauphin.

Dans un très grand palais, il était prisonnier,
Le terrible cachot étant dans quelque tour.
Paris décida donc d'en approcher à pied,
Et devant la prison fit des allers-retours.
Par un trou il put voir son seigneur poings liés.
Mais il n'en laissa rien apparaître au grand jour.
Il fit la révérence et rendit des honneurs,
À deux grands mamelouks verts et pleins de vigueur.

Les mamelouks étaient deux individus tels
Qu'on les imaginait aisément en colère.
Ils avaient du sultan la mission officielle,
De surveiller le roi qui était dans les fers.
Paris les salua, ils virent son appel
Et par d'aimables mots, ils le remercièrent.
On leur avait parlé du billet important,
Ils croyaient qu'il venait de la part du sultan.

Et Paris leur rendit visite fréquemment
Échangeant avec eux bien des plaisanteries.
Il revenait les mains chargées en les sommant
D'accepter de sa part des cadeaux de grand prix.
Il agit en ceci toujours habilement,
Par ses signes, ses mots, ses actes, son esprit,
Pour établir entre eux les liens les plus étroits,
Pour qu'ils meurent d'envie de le voir chaque fois.

Chaque jour fleurissait l'amitié remarquable
Qu'il avait su planter dans les cœurs et les têtes.
Ce garçon possédait un charme redoutable,
C'est au point que je crois, toute réflexion faite –
Nul ne peut me donner de raison plus valable –
Qu'il portait à son cou la meilleure amulette !
Il obtint tant d'amour et en si peu de jours
Que je dois l'expliquer par ce genre de tour.

Quand Paris estima qu'était venu le temps,
Il obtint sur son roi quelques informations,
De façon si rusée, sur un ton si distant,
Qu'il n'éveilla en eux aucune suspicion.
Ils dirent l'essentiel sans mentir un instant,
Lui racontèrent tout sans une hésitation :
Quand, comment et pourquoi, il fut mis dans les fers.
Bien que Paris sût tout, il préférait se taire.

Ensuite il leur parla : « Mes compagnons très chers,
Dites-moi, connaît-il des maures le langage ? »
« Certes non, dirent-ils, sa langue est étrangère,
Puisqu'en pays latin il passa tout son âge. »
Paris dit, nonchalant et d'aimable manière :
« Si je le comprenais, je l'avoue sans ambages,
Je viendrais bien souvent chez lui me divertir
Car de ces pays-là je veux m'entretenir. »

Ces gens dirent alors : « C'est là ton exigence ?
Tu trouveras ici des Turcs et des païens,
Capables de saisir de sa langue le sens,
Et qui, si tu le veux, te l'expliqueront bien. »
Paris ne voulait pas montrer trop d'insistance,
Et il se sépara calmement des gardiens,
Disant, tout en mettant le pied à l'extérieur :
« Je souhaite avec moi mener un traducteur. »

Et il laissa passer huit jours avant d'agir
Pour ne pas dévoiler son humeur impatiente.
Un jour, avec son moine, il finit par sortir –
Il l'avait présenté une fois précédente –
Et vint comme il avait coutume de venir.
Il pria ses amis de manière charmante,
D'ouvrir dans la paroi un espace chétif
Pour qu'il pût discuter avec l'homme captif.

Un laquais s'y rendit alors en se hâtant,
Il fit ce qu'on voulait sans la moindre lenteur,
Et Paris reconnut le Dauphin à l'instant,
Le cœur lui fut soudain tout empli de langueur.
Le roi ne pouvait pas l'identifier pourtant,
Les moustaches avaient changé son extérieur.
Il était peu probable enfin qu'il se souvienne
En voyant l'interprète et cette mise en scène.

Paris avait bien su tous deux les abuser,
Il leurrait le seigneur et le moine aussi bien.
Celui-ci parla donc : « Nous sommes désolés,
Qu'on vous ait en ce lieu fait serrer dans ces liens.
Cet homme est un chrétien, soyez-en avisé,
Ne croyez pas qu'il soit un Turc ou un païen.
Et depuis Babylone il m'a mené ici :
Vous voir et vous parler, voilà son seul souci. »

Le roi se sentait moins livré à ses souffrances,
Du fait que des chrétiens venaient l'entretenir.
Avant que le moine eût fini sa conférence,
Il se plaignit à lui et poussa maints soupirs.
Le moine de ses mots expliquait tout le sens –
Car, ignorant la ruse, il devait bien traduire –
Expliquant le pourquoi, le comment du martyre.
Les larmes de Paris se mirent à jaillir.

Alors Paris lui dit : « Demande-lui enfin,
S'il a quelques enfants et s'il a une femme. »
Le moine obtempéra. « Oui, lâcha le Dauphin,
Je suis certes marié – je vous ouvre mon âme –
Mais n'aurai d'héritier quand je serai défunt.
De mes nombreux malheurs, c'est là le plus infâme.
J'ai une fille aussi mais si vous m'en croyez
Elle ne voudra pas, de sa vie, se marier. »

Paris avait reçu assez de confidences,
Puisqu'avait été dit l'aimable nom de Vienne.
Au moine il répondit : « Dis-lui d'avoir patience,
Il y aura peut-être une fin à ses peines. »
Le Dauphin, remerciant, lui fit la révérence,
Et supplia enfin que souvent ils reviennent.
Paris se retira, le lui promettant bien,
Il alla retrouver ses amis les gardiens.

Il leur parla ainsi : « Il m'a su éclaircir
Sur ces pays lointains de nombreuses affaires.
Cela a tout à fait éveillé mon désir
De parler plus souvent des terres étrangères.
J'aimerais avec lui pouvoir m'entretenir
Quand il m'arrivera de souhaiter le faire.
Cet homme, semble-t-il, est quelqu'un d'honorable,
Ne le traitez donc pas comme un vrai misérable ! »

Bien que leur roi voulût une peine éclatante,
Et qu'il connût enfin un martyre assuré,
Au nom de leur amour pour celui que je chante,
Ils laissèrent un peu l'étau se desserrer
Et lui firent mener une vie plus clémente.
Cela lui permettait quelque peu d'espérer.
Jusqu'ici nul n'avait connu malheur plus dur,
Il était déjà moins gêné aux entournures.

Paris dès ce moment vint le voir fréquemment,
Ses compagnons toujours lui donnaient leur accord.
Ils nourrissaient pour lui de cordiaux sentiments,
Le priant chaque fois de revenir encore.
Il savait quant à lui s'y prendre habilement,
Pour qu'ils ne sentent pas de doute ou de remords.
Ils n'auraient jamais pu en venir à l'idée
Qu'il avait pour projet de le faire évader.

Mais Paris ne songeait qu'à cela, entêté,
L'attente, pensait-il, devait bientôt finir,
Au moine il dit alors : « Mon plan est arrêté
Pour secourir cet homme et l'aider à sortir.
Tu sais bien que de Vienne il a la royauté :
Le cœur ne doit-il pas se laisser attendrir
À le voir chez les chiens demeurer attaché ?
Si nous ne l'aidons pas, ce sera grand péché. »

Et le moine à Paris dit les mots que voici :
« Même si je vois bien quel en est le danger,
Ce que veut ton désir, je le souhaite aussi,
Car de monter au ciel est le seul soin que j'aie. »
« Non, répondit Paris, je veux agir ainsi
Que nous soyons vivants au terme du projet. »
Et il lui dit comment il tenterait sa chance,
Le moine obéissant le suivait dans la danse.

Paris ajouta donc : « C'est pour demain, de nuit !
Je ne veux plus longtemps repousser notre action.
Prends bien soin qu'au matin, sitôt que le jour luit,
Nous ayons avec lui une conversation,
Afin qu'il se prépare et veille quant à lui,
De mon côté je veux soigner l'opération. »
Ils se mirent d'accord : « Allons donc sommeiller,
Afin que demain soir nous puissions mieux veiller. »

Je me souviens soudain, dans cette circonstance –
Puisqu'ils ont décidé de s'en aller dormir –
Qu'à force de tirer ce chant dans tous les sens,
Un vertige me prend et me fait défaillir.
C'est que je l'ai, ma foi, prolongé à outrance,
Vous ne vous plaindrez pas si je ne puis tenir.
Laissez-moi m'allonger comme nos personnages,
Dès que je le pourrai, j'en dirai davantage.

*Je laisse à cet endroit la neuvième section*
*Et au dixième chant porte mon attention.*

## Que Dieu qui m'a réjoui dans mon malheur M'aide à finir le dernier chant à cette heure.

Ah ! si l'on posait là un bon gros tas d'écus
Où nous puissions puiser sans nous faire prier,
Il n'est juive ni juif, j'en suis bien convaincu,
Qui se déclarerait de prendre rassasié.
Pourtant nous voici tous fatigués et vaincus
Par ce livre trop long, je peux le parier.
Vous fatigués d'entendre assis ici en rangs,
Moi fatigué de lire ainsi en pérorant.

Il m'est déjà venu plusieurs fois dans la tête –
Si c'eût été faisable en évitant la honte –
L'idée de quitter là cette histoire incomplète
Et de laisser tomber tout le reste du conte.
Mais je n'ai pas ce droit. Puis-je ignorer ma dette ?
Vous devez m'écouter encore au bout du compte :
J'aperçois mes héros perdus dans tous les coins,
Je ne peux, sans pécher, les laisser en ce point.

J'aperçois le Dauphin que le malheur escorte,
Et j'aperçois Paris inquiet, haletant,
Je vois la reine aussi, presque tout à fait morte
Tant elle eut à souffrir, et je vois tout autant,
L'effort d'Odoardo dont l'angoisse est très forte,
Pour les femmes restées au cachot si longtemps.
Je les vois affronter les pires conditions,
Et leur veux, un à un, porter consolation.

Je souhaite à présent venir à leur secours,
Si vous voulez encore écouter sans querelle.
C'est la seule partie qui reste à mon discours,
Je veux mener mon livre à sa fin naturelle.
Au début du récit, je ne faisais pas court,
Maintenant je suis las de montrer tant de zèle.
Je le veux abréger et finir promptement,
Aussi, je vous en prie, écoutez un moment.

De là où j'en étais, je sais me souvenir,
Et ne veux rien laisser refroidir, cependant
J'aurais auparavant un conseil à offrir –
À graver dans vos cœurs, à garder au-dedans :
Traitez votre prochain sans heurter ses désirs,
Qu'il soit pauvre ou aisé, tout jeune ou chargé d'ans.
Les montagnes, dit-on, ne peuvent se mouvoir,
Les hommes, tôt ou tard, finissent par se voir.

Ne portez donc jamais à autrui de nuisance,
Que ce soit par vos mots ou bien par vos actions,
Quand vous avez pour vous et richesse et puissance,
Et que lui est soumis à rudes conditions.
Chaque homme, au bout du compte, a son heure de chance
Toute chose a son lieu dans notre création.
Que le sort de l'enfant et du pauvre vous touche,
Car souvent un géant s'étouffe d'une mouche.

Certes, je vous le dis, ce n'est pas méritoire
Que de faire payer le mal avec le mal.
Paris ne le fit pas, vous pouvez bien le voir ;
Il est rare d'avoir un cœur si libéral.
En l'espèce peut-être avait-il quelque espoir
D'obtenir en échange un bienfait sans égal.
Le Dauphin quant à lui, n'avait guère à l'esprit
Qu'il aurait pu tomber dans les mains de Paris.

Or, il y est tombé en ce point du récit
Et vous avez compris le pourquoi, le comment.
Je vous avais laissé à cet instant précis :
Les héros s'agitaient dans leurs lits constamment.
Ils ont enfin dormi, l'aube s'est éclaircie,
Et ils sont réveillés depuis un bon moment.
Alors, les compagnons se mirent à l'ouvrage,
Préparant un bateau avec son équipage.

Ils l'avaient commandé et préparé afin
Qu'il demeurât caché à un endroit donné.
Ils allèrent ensuite éveiller le Dauphin,
Tout en lui souhaitant une bonne journée.
Le bon moine voulut le consoler enfin :
« Veuillez donc vous réjouir et n'être plus peiné
Puisque mon compagnon a conçu la bravoure,
De vous faire sortir aujourd'hui de la tour. »

Le Dauphin répondit : « Mais de quelle manière
Voulez-vous me sauver de ces peines cruelles ?
Et comment me tirer là-haut vers la lumière,
À l'aide d'une corde ou avec une échelle ?
Faites bien attention, prenez garde, chers frères,
De ne pas rencontrer un échec sans appel !
J'aime mieux vivre là le restant de mes jours
Que de vous voir souffrir pour me porter secours. »

« Non, lui répondit-il, remerciez mon compère,
Et ne soyez donc pas étonné de la sorte.
Aux mamelouks il veut faire un tour de manière
À ce que l'on n'ait pas à enfoncer la porte.
Il veut leur concocter un puissant somnifère,
Et avant qu'aucun d'eux de son sommeil ne sorte,
Nous déverrouillerons de la tour l'ouverture,
Et filerons voiles au vent à toute allure. »

Quand le roi eut ouï le récit de l'affaire,
Il en eut des sueurs, de peur et d'espérance,
Puis il leur répondit : « Oh mes bons, mes chers frères,
Effectuez la chose avec intelligence !
Si vous pouvez jamais me mener dans mes terres,
Si je puis retrouver mon trône et ma puissance,
Vous ne regretterez ni soucis, ni présents,
Vous n'aurez pas aidé un simple paysan.

Je veux faire pour toi tant de bonnes actions
Que cela ne saurait pas manquer de te plaire.
J'adopterai, comme mon fils, ton compagnon,
Comme héritier de mes avoirs et de mes terres.
Du trône cependant j'aurai la possession,
Jusqu'au bout de mes jours, je la conserve entière.
Mais à l'heure finale où je devrai mourir,
Trône, terres et gens devront lui revenir. »

Ils partirent alors, heureux de ces nouvelles,
Chacun voulant veiller aux actions nécessaires.
Le moine prit des limes et des pinces telles
Qu'il pourrait libérer le roi de tous ses fers.
Paris partit chez les gardiens à tire-d'aile,
Et il y fit banquet la matinée entière
Puis leur dit, en un mot, qu'il voulait les revoir :
« Faisons la fête ensemble, sur ma foi, dès ce soir. »

« Une telle occasion, ça ne peut se rater ! »,
Répondirent alors les mamelouks aimables.
Paris leur répliqua : « Parbleu, j'ai quantité
De morceaux délicieux à mettre sur la table. »
Avec leur permission, il voulait les quitter :
« J'aurai en revenant, une vraie soif de diable. »
La poudre qu'il tira de racines diverses,
Devait les faire enfin tomber à la renverse.

Quand il fut assez tard pour remonter en selle,
Paris s'en retourna chez ses bons camarades.
Ils avaient tous les deux accouru à l'appel,
Car ils étaient friands de belles régalades.
Paris leur apportait du pain et des bretzels,
Des cailles, des poulets ainsi que des pintades,
Et du bon vin bien fort servi dans deux pichets,
La soif de cinq, six gars s'y pouvait étancher.

Il faisait déjà nuit, il était bien trois heures,
Et tous ces bons vivants étaient encore à table.
Ils mangeaient de bon train, avec belle vigueur,
Poules, chapons, agneaux et chevreaux délectables,
Avec des cris de joie et avec des clameurs,
Avec un grand vacarme, un bruit de tous les diables.
Toute leur attention, tout leur zèle à l'ouvrage,
Se porta, à la fin, sur l'excellent breuvage.

C'était dans des cruchons des vins pleins de saveur,
Mais en réalité des assommoirs violents.
Paris ayant versé sa poudre à l'intérieur,
Leur tendit galamment les verres succulents,
Ils attendaient cela : « Cul sec et de bon cœur
Comme de bons vivants, des buveurs excellents ! »
Il fit tourner la cruche avec rapidité
Qui les rendit bouillants sans feu ni sans été.

Je ne sais pas vraiment comment Paris s'y prit,
Mais les deux compagnons furent vite ivres morts.
Sur une planche l'un s'affala sans un cri,
Et l'autre sur le sol roula de tout son corps.
Il était déjà tard et, aux yeux de Paris,
Point de doute que le sommeil les tenait fort.
Ils vinrent chez le roi comme ils savaient le faire,
Si les deux s'éveillaient, c'était une autre affaire.

Il s'adressa à lui, le moine dut traduire :
« Je vais vous libérer aujourd'hui, je l'espère,
J'espère également très vite vous conduire
Jusqu'à votre pays sans commettre d'impair.
Cependant j'aimerais exprimer un désir,
Sur ce point il faudra d'abord me satisfaire.
Il faut dès maintenant me jurer sur l'honneur
Que vous m'accorderez cette chose en son heure. »

Le roi lui répondit : « Eh bien, je te le jure,
Sur ma vie, sur mon âme ainsi que sur mon corps,
Si tu me fais sortir d'entre ces quatre murs,
Tu pourras librement disposer de mon sort !
Voudrais-tu la moitié de mes terres ? Bien sûr !
Les veux-tu en entier : je te les donne encore ! »
Et Paris s'en revint, ces mots lui ayant plu,
Auprès de ses amis (mais qui ne l'étaient plus).

Ils étaient affalés dans leur linge souillé,
Dans son urine l'un, l'autre dans son vomi,
Dans les poches d'un deux, il se mit à fouiller,
Et lui prit le trousseau là où il l'avait mis.
Au moine il le donna et dit sans sourciller :
« Ouvre-donc proprement, autant qu'il t'est permis,
Puis va scier du roi les chaînes qui l'offensent,
Et veille à procéder, calmement, en silence.

Je reste ici l'épée brandie à tout moment,
Et monterai la garde : il faut bien surveiller.
Ils dorment, tu le vois, tous deux profondément
Et je ne pense pas qu'ils aillent s'éveiller,
Mais si l'un décidait de faire un mouvement,
On verra bien ma foi qui rira le dernier.
Et si s'éveille l'autre, à qui j'ai pris la clé,
Je lui coupe la tête et le cou sans trembler. »

Le moine s'en alla, il avait peur encore :
Il tâtonna longtemps tout autour du verrou.
Son cœur se déchaînait, ses mains tremblaient si fort,
Que le bougre n'avait pas pu trouver le trou.
Il le trouva enfin après de longs efforts
Or, le Dauphin craignait que les gardiens s'ébrouent :
C'est pourquoi, lorsqu'il vit le moine revenir
Vous pensez bien qu'enfin son cœur put se réjouir !

Celui-là lui lima les chaînes sans détour,
Et bien vite avec lui du cachot il sortit.
Paris l'encouragea, le voyant à son tour,
Et en moins d'un clin d'œil tous trois furent partis !
Les deux gardiens étaient paralysés et sourds,
N'ayant bougé un doigt, même le plus petit.
Je les laisse dormir, Dieu les rendra comptables
Comme à leur bar-mitzva, ils seront responsables !

Quant aux autres là-bas, ils ne sommeillaient guère,
Ils avaient de s'enfuir un trop puissant désir.
Et jusqu'à leur bateau ils se précipitèrent,
Ils n'avaient qu'une envie : rejoindre le navire.
Ils encadraient tous deux le roi tombant à terre,
Et avaient bien du mal ensemble à le tenir.
Ne sachant plus marcher il titubait très fort,
Jusqu'à ce qu'à la fin on l'eût fourré à bord.

« Liez, serrez les nœuds, et larguez les amarres ! »
L'on tendit, à ces mots, aussitôt la voilure.
Et Dieu leur envoya bon vent dès le départ
De son trône du ciel jusqu'à la mer azur.
Ils voguèrent ainsi sans prendre de retard.
Ils voguaient, ou plutôt, volaient à toute allure.
Plus vite qu'un canon lance un boulet de fer.
D'ici jusqu'à Muggia, je n'ai vu si bien faire.

Ils s'en vinrent enfin jusqu'au port de Beyrouth,
Où ils purent avoir du ravitaillement.
Attentes, prévisions se réalisaient toutes,
Ils adressaient à Dieu tous leurs remerciements.
Et les bons chevaliers poursuivirent la route.
Ils s'en vinrent à Chypre aussi facilement.
Là-bas on leur fournit le plus franc des supports,
Car avec son pays ils avaient des accords.

Il reçut bien des sacs d'argent et de valeurs,
Nourriture et bateaux venus de sa contrée.
Mais Paris lui semblait un objet supérieur
De plaisir et de joie : il était adoré.
Il ne comprenait pas sa langue, par malheur,
Et cela lui causait bien des profonds regrets.
Il en était troublé dans son cœur tous les jours,
Car il ne pouvait pas exprimer son amour.

Mais ils continuaient leur course à perdre haleine,
Tantôt sur un bateau, et tantôt à cheval,
Je ne vais pas décrire, ce n'est guère la peine,
Le voyage achevé ainsi tant bien que mal.
Ils s'en vinrent enfin avec bonheur à Vienne,
Tous ces bons chevaliers et leur hôte royal.
La reine et ses sujets furent vite au courant :
Quiconque avait deux pieds s'y rendit en courant.

Alors vinrent les tirs, et les éclats de liesse,
Sortis de gros canons et de cloches sonnantes !
Les « bim boum » et « ding dong » se déchaînaient sans cesse,
Pour qui n'en savait rien, ce fut chose effrayante.
De petits et de grands il y eut une presse :
Des dames vinrent même en robes élégantes.
Tous voulaient à leur roi faire excellent accueil,
Tout en l'accompagnant au palais, jusqu'au seuil.

Que l'on eût libéré le souverain fidèle,
Tout le pays rapidement s'en ébaudit.
Car l'on porta bientôt cette grande nouvelle,
Aux quatre coins de France et jusqu'en Lombardie.
Cela réjouit aussi les nobles demoiselles,
Qui languissaient toujours dans le cachot maudit.
Dès lors que par le père elles avaient souffert,
Elles ne furent point relâchées par la mère.

À présent que l'on a dans la cour sans compter,
Passé bien des journées à ces jubilations,
Bourgeois, ducs, chevaliers, furent tous invités
Dans la salle où le roi faisait ses réceptions.
De l'aleph jusqu'au tav, le roi voulut conter :
Il leur fit le récit de toutes ses actions.
Il évoqua le jour où il fut mis aux fers
Et ce qu'en divers temps, il fut forcé de faire.

Puis il parla ainsi : « Sujets, nobles chéris,
Regardez ce seigneur, fleuron d'honnêteté. »
En prononçant ces mots il désignait Paris :
« C'est lui seul qui m'a fait rentrer à vos côtés,
Vous ne me verriez pas, sans l'aide qu'il m'offrit,
Aujourd'hui près de vous en parfaite santé.
Si l'homme que voici ne m'avait pas servi,
Mon corps aurait cédé, j'aurais perdu la vie.

Il me semble dès lors conforme à mes principes,
De payer ce secours à sa juste valeur,
Aussi ai-je un projet : que tous y participent,
Car à ma volonté, il faudra faire honneur !
Quand viendra le moment que je casse ma pipe,
Quand de quitter ce monde aura sonné mon heure,
Vous devrez accueillir cet homme avec entrain
Comme votre seigneur et votre souverain. »

Le conseil réuni, les seigneurs importants,
Qui côtoyaient le roi, se pressant tout autour,
Parlèrent d'une voix, criant en même temps :
« Que vive notre roi encore de longs jours !
Et quand vous serez mort, après plus de cent ans,
Il prendra votre place et aura notre amour ! »
Ils baisèrent Paris en le serrant contre eux.
Le moine traduisait ces propos généreux.

Paris les comprenait sans son intermédiaire,
Il était très heureux dans son for intérieur.
Comme il voyait ici lui sourire l'affaire,
Au brave moine enfin il révéla son cœur :
« Il est temps d'exprimer ma pressante prière,
Demande poliment à mon roi et seigneur,
Qu'il veuille me donner son enfant en mariage,
Celle qu'il fit jeter au cachot dans sa rage,

Et qu'à cette occasion il veuille pardonner,
Les fautes qu'elle a pu commettre à son égard. »
Le moine ne prit pas de temps pour raisonner,
Il se mit à genoux et parla sans retard :
« Majesté, lui dit-il, si vous en convenez,
Mon ami a un vœu, dont je vous ferai part. »
« Parle, dit le Dauphin, quel que soit son désir,
Si c'est en mon pouvoir, il pourra l'obtenir. »

Le moine répondit : « Son souhait le plus cher
Serait, si seulement la chose vous agrée,
Qu'à la fille qui est aujourd'hui prisonnière
Vous vouliez pardonner toute faute avérée
Et qu'avec les honneurs, et de façon princière,
Vous vouliez les unir par des liens consacrés
Pour qu'elle fût sa femme et reine de surcroît,
Puisque de ce pays il doit être le roi. »

Le roi perçut ces mots avec contentement,
Mais au même moment, ils lui brisaient le cœur :
Il voyait un écueil se dresser sûrement,
Et que tout son pouvoir aurait peu de valeur.
Il lui répondit donc : « Oui, j'ai fait un serment,
Et tout ce que je peux, je le ferai sur l'heure :
Je lui pardonne donc toute faute en ce jour,
Et veux lui accorder de nouveau mon amour.

Et j'aimerais aussi qu'elle veuille accepter,
Fasse Dieu que cela pût enfin advenir !
Pourtant je ne peux pas plier sa volonté,
Je n'ai pas négligé jadis de vous le dire.
Mais je vais demander qu'on aille la prier,
Et vous-mêmes verrez comme je vais agir. »
On alla donc chercher son évêque fidèle,
Pour qu'il pût raisonner une Vienne rebelle.

Et le roi à Paris avait fait accepter
D'accompagner l'évêque afin de le voir faire.
Alors il s'y rendit, le moine à ses côtés,
Et dès que le cachot eut été entrouvert
Il s'embrasa de la sentir à sa portée,
Mais il ne laissa rien paraître à découvert.
L'évêque commença à la prêcher ainsi :
« Vienne, je suis venu te libérer d'ici.

Tu seras désormais aimée plus dignement,
Que tu ne fus jamais, et mieux traitée encore.
Et l'homme que tu vois ici en ce moment,
Prends-le donc pour époux : confie à Dieu ton sort !
Fais-le, en vérité et dis "oui" promptement !
Ne crois pas que ce soit une honte ou un tort !
C'est cet homme qui a aidé ton pauvre père,
Le tirant d'épais murs, et de grilles sévères.

C'est lui qui l'a tiré de toutes ses souffrances,
En lui rendant la vie par ses nobles efforts.
Voilà pourquoi ton père a, par reconnaissance,
Promis à ce seigneur son royaume à sa mort. »
Vienne prêta l'oreille avec grande patience,
Écoutant ce discours et bien d'autres encore,
Puis leur dit : « Nobles gens, je ne veux vous blesser,
Mais c'est là un parti que l'on ne peut forcer,

Ce n'est pas là pilule à me faire avaler,
On accorde du temps même avant la potence !
Je demande à avoir trois journées de délai,
Afin d'y réfléchir avec plus de prudence.
Je vous dirai alors quel avenir me plaît,
Aujourd'hui rien ne sert d'avoir plus d'insistance. »
Ils allèrent porter la réponse au Dauphin,
Et attendirent tous que le délai prît fin.

Que pensez-vous que Vienne alors se mit à faire,
Afin de faire fuir ce prétendant aussi ?
Sacrifiant un poulet comme elle fit naguère,
Elle en eut de nouveau un usage précis.
Lorsque finalement les trois journées passèrent,
Paris n'en pouvait plus de patienter ainsi.
Enfin ils purent tous revenir auprès d'elle,
Afin de s'enquérir de ses pensées nouvelles.

L'évêque de nouveau lui parla un instant.
Avec maints mouvements, il lui fit un discours,
Faisant du visiteur un éloge éclatant,
Disant qu'il était franc, noble et digne d'amour.
Vienne dit : « Je ne peux lui accorder pourtant,
Ni à aucun de ceux qui me feraient la cour,
De jamais m'obtenir par les liens du mariage,
En raison du grand mal dont je subis l'outrage.

J'ai préféré ne pas parler pendant longtemps
Mais il me faut moi-même avouer cette horreur.
Mon corps pourrit hélas, rongé d'un mal constant,
Vous devez le sentir vous-même par l'odeur. »
Paris avait compris la ruse à cet instant,
Il se dit : « Je n'ai pas de raison d'avoir peur. »
Au moine il s'adressa : « Va auprès d'elle et dis
Que je ne m'effraie pas de cette maladie. »

Vienne, entendant ces mots, fut frappée de stupeur :
La ruse, ce coup-ci, n'avait pas pu marcher.
Alors elle attaqua avec plus de vigueur :
« Vous devez donc avoir une chose attachée,
Peut-être bien du musc ou quelque autre senteur,
Qui fait que cette odeur vous demeure cachée.
Si vous êtes un homme éduqué et sensible,
Vous n'augmenterez pas ma souffrance terrible.

Car vous pouvez bien voir que je souffre d'un mal,
Qui la peau, les cheveux, peu à peu me dévore.
Tandis que j'ai besoin d'un remède spécial,
Vous forcez mon martyre en l'augmentant encore.
Je veux, jusqu'au tombeau, subir ce joug fatal.
Pour peu que vous partiez, je souffre sans remords.
J'ai promis devant Dieu de mener cette vie
Et ne peux pas répondre à votre vaine envie.

Mais si vous êtes noble, et je sais que vous l'êtes,
Vous ne me prierez pas de rompre ma promesse.
Prenez donc en pitié les souffrances inquiètes,
Qui me brûlent le corps et sans arrêt me blessent ! »
Elle parla longtemps, la jeune fille honnête,
Le bon moine patient traduisait tout sans cesse.
Paris lui dit alors : « Dis-lui de façon claire,
Que s'il ne lui restait ni os, ni sang, ni chair,

Je garderais toujours les mêmes sentiments
Et que je l'aime plus que ma vie et mon corps.
J'ai pourtant essayé, par divers instruments,
Et n'ai pas, dans ce but, ménagé mes efforts,
Sans jamais réussir à vouloir autrement
Que de l'associer comme femme à mon sort,
Quoique je pusse bien affirmer et jurer,
Que de toute ma vie, je ne l'ai rencontrée ! »

Au début, Vienne fut tout à fait assommée :
Il avait, semblait-il, réduit son cœur en miettes.
Puis, relevant les yeux, elle dit : « Dieu aimé,
Venez me secourir comme souvent vous faites ! »
Puis, tournée vers le moine, elle vint réclamer :
« Je vous en prie, veuillez porter cette requête :
S'il est réellement excellent et bien né,
Qu'il cesse au nom de Dieu, d'ainsi m'importuner !

Même si je vivais mille vies sur la terre,
Il en disposerait, je lui voue allégeance,
Pour la fidélité qu'il montra à mon père :
C'est là rare vertu tant elle fut immense.
J'adresse donc à Dieu la constante prière,
Qu'il veuille le couvrir de dignes récompenses.
Mais qu'il cesse pourtant de me faire souffrir,
Car son projet d'union ne peut pas advenir.

Oui, de cela jamais il ne sera question,
Qu'il veuille donc enfin ne plus m'importuner !
Je peux vous dire plus sur ma situation :
J'ai déjà autrefois ma promesse donnée,
Et, pour vous en offrir pleine compréhension –
N'en concevez donc pas de colère effrénée ! –,
Je veux souffrir le mal dans toute sa rigueur,
Tant que Dieu n'aura pas envoyé mon sauveur.

C'est que j'attends un homme, ici, en permanence,
À qui j'ai consacré cœur et fidélité,
Mon corps lui est voué, peu importe l'absence,
Si longtemps qu'il sera par la vie habité.
C'est de lui que j'espère avoir ma délivrance,
Quand il plaira à Dieu de la faire apporter.
Et s'il ne venait pas, j'ai choisi sans détour
De passer au cachot le restant de mes jours. »

Paris dut s'en aller comme il était venu.
Quand il voyait l'ampleur de sa résolution,
Il lui venait aux yeux des larmes retenues :
Il dut les ravaler pendant leur discussion.
Son martyre et sa foi lui furent bien connus,
Et tout ce que, pour lui, elle avait d'affliction.
Mais il ne voulut pas se dévoiler pour l'heure,
Bien qu'elle le touchât au plus profond du cœur.

Il alla tout de suite informer le Dauphin
Et lui raconta tout ce que je viens de dire.
Et comment, et pourquoi, il n'atteindrait ses fins,
Car on ne pouvait rien de sa fille obtenir.
Le Dauphin prit à cœur cet échec : c'est qu'enfin
Il ne savait comment il pourrait s'en sortir !
« Faut-il donc que cela dure éternellement ? »
Disait-il en sentant les plus profonds tourments.

Vienne pendant ce temps était seule chez elle,
Dans son corps, à présent, un feu violent brûlait.
Car à son cher Paris, au chevalier fidèle,
On avait à nouveau ses pensées rappelées.
Elle se mit alors à pleurer de plus belle,
Tandis que sur ses joues bien des larmes coulaient.
Et soudain, vers le haut, elle leva les yeux,
Adressant de nouveau ses prières aux cieux.

Mais elle eut tout d'abord des gestes, des soupirs,
Puis ces mots furent tous, en un grand cri, jetés :
« Ô Paris, mon Paris, de mon cœur le désir,
Quel malheur que tu aies jadis dû me quitter !
Quel malheur que je sois restée seule à souffrir !
Si je savais du moins où la vie t'a porté !
Ma bouche ni mes yeux ne sauraient retranscrire
Ce qui presse mon cœur, ce qui vient le détruire.

Je supporterais mieux une telle affliction,
Si je pouvais au moins te saluer, te voir,
Et avoir quelque idée de ta situation,
Ou si, inversement, tu venais à savoir
Le sort que je subis et ma désolation,
Et comment j'ai vécu pour toi mille déboires !
Mon cœur tombe en morceaux dès que je me souviens,
De ton air, de tes mots, de ton noble maintien.

Ah ! je te prie mon Dieu, du monde créateur,
Ne me refuse pas la grâce que j'appelle,
Conserve à mon Paris, la santé, la vigueur,
Enfin s'il m'est permis de prier de plus belle :
Hâte-toi, mon Seigneur, de faire venir l'heure,
Où je pourrai de lui entendre des nouvelles !
Accorde-moi l'honneur de le voir une fois,
Ensuite je mourrai très volontiers, ma foi ! »

Cette lamentation fut longue et douloureuse.
Isabelle pleurait d'aussi vive manière.
Elles comptaient le temps, les années malheureuses
Passées dans ce cachot, durement prisonnières.
Il y eut des soupirs et des plaintes nombreuses :
« Nous aurions dû déjà vingt fois quitter la terre,
S'il n'y avait Odoardo pour nous nourrir,
Pourtant nous ne pourrons pas bien longtemps tenir ! »

Elles dirent ces mots, et bien d'autres encore,
Ne vous figurez pas que je vais tout noter !
Même un chien entendant ces cris et ces remords
Aurait assurément pleuré à leurs côtés !
Elles se consolaient à la fin de leur sort,
Ces femmes respectées, pleines de pureté,
Et mettaient leur espoir en Dieu, de tout leur cœur,
Pour qu'il vînt les tirer de ces vives douleurs.

Il s'écoula huit jours sans aucun changement,
Mais Paris était las de se dissimuler.
C'est que Vienne occupait son cœur à tout moment
Et qu'il était, pour ses amis, fort désolé,
Puisqu'il les observait, de ses yeux, constamment,
Et qu'il ne pouvait pas à eux se dévoiler.
Il dit donc : « C'est fini, qu'ils me brûlent s'il faut,
Je vais tout avouer à Vienne sans défaut ! »

Et il ne resta pas plus longtemps sans agir,
Du Dauphin il obtint entière liberté :
« Laissez-moi une fois de plus y revenir,
J'aimerais que l'évêque y vienne à mes côtés.
Si elle ne veut pas écouter mes désirs,
Je considérerai mon malheur arrêté. »
Le roi dit : « Allez-y, et que Dieu nous secoure
Afin que cet enfant change enfin de discours ! »

Ils revinrent tous trois là-bas avec prestesse,
Dès qu'ils furent venus, le cachot fut ouvert,
Vienne y était assise au centre de la pièce.
Les femmes l'une à l'autre alors se cramponnèrent.
Il sentait de la joie, elle de la détresse.
Son cœur à lui riait, le sien était de pierre.
Il la fit, insistant, encore interroger,
Pour voir si à ses vues elle s'était rangée.

Vienne dit : « Que croyez-vous encore obtenir ?
Vous n'arriverez pas à changer ma nature.
Mais parlez, je veux bien vous laisser discourir.
Ce sera comme si vous parliez à ce mur.
Ce que j'ai toujours dit, je veux le maintenir,
Que cela soit facile ou que cela soit dur. »
Paris, après ces mots, avait vu clairement
Que sa Vienne tenait à leur engagement.

Au moine et à l'évêque il fit alors entendre,
Qu'il aimerait les voir un moment s'écarter.
Car à l'aide des mains, il se ferait comprendre.
Tous deux partirent donc selon sa volonté.
Quand Isabelle vit qu'ils sortaient pour l'attendre,
Elle alla, elle aussi, se mettre de côté.
Son cœur lui inspira ce geste intelligent
Voyant qu'il ne voulait parler devant ces gens.

Et Paris commença dans sa langue natale,
Il lui tint ce discours : « Très chère dame Vienne,
Vous ne voulez donc pas de ce lien conjugal,
Ni ne reconnaissez mon amour et ma peine,
Je ne peux pas, ma foi, me donner plus de mal. »
Et il interrompit en ce point sa rengaine,
Pour sortir promptement, caché dans un étui,
Un diamant cerclé d'or qu'il portait avec lui.

Il parla : « De ma main, acceptez cet objet !
Il me fut autrefois donné par un Tatar.
Prenez-le, portez-le comme un gage léger
De l'amour incessant que j'eus à votre égard. »
Vienne dut réprimer un geste de rejet,
Elle le prit pourtant, remerciant sans retard,
Mais elle se disait : « Ça vient de Tatarie,
Comment me déferai-je au mieux de ce grigri ? »

Quand elle eut accepté de le prendre sur elle,
Elle ne put soudain s'empêcher de pâlir :
Elle avait reconnu cette bague si belle
Par des signes nombreux qui ne pouvaient mentir.
Elle alla aussitôt consulter Isabelle,
Craignant d'être trompée par de faux souvenirs.
Isabelle lui dit quand il lui fut soumis :
« Il s'agit de l'anneau qu'à Paris tu remis.

Je dis – tu peux le voir sans nulle hésitation –
Que c'est bien lui, là-bas, qui se tient à distance. »
Vienne lui répondit : « J'en ai bien l'impression,
Il en a le discours, il en a la prestance. »
Elle le regarda avec plus d'attention,
Toutes deux s'approchaient de lui avec prudence.
Vienne vit sur son front un signe connu d'elle :
« Oui, mon Dieu, c'est bien lui ! », cria la demoiselle.

Et le jeune Paris l'avait vu clairement,
Il se tourna vers elle et lui fit un sourire.
Il lui disait des mots en parlant doucement,
Vienne n'eut guère envie de le laisser finir :
Elle sauta sur lui en un vif mouvement,
Et de ses mains tendues elle vint le saisir.
Le prenant dans ses bras, elle put l'embrasser,
Ne pouvant plus parler tant la joie la pressait.

Aucun mot ne pouvait de sa bouche sortir,
Les larmes ne pouvaient de ses yeux s'échapper.
Un quart d'heure appuyée contre lui sans rien dire,
Son cœur n'arrêtait pas de cogner, de frapper.
Paris, de son côté, rayonnait de plaisir.
Il lui tint ce discours de pleurs entrecoupé :
« Je suis Paris, ton homme : à chacun de mes pas
Le malheur s'attacha et ne me quitta pas.

J'ai été jusqu'ici par un constant malheur
Poursuivi en tout lieu et dans tous mes désirs.
J'espère désormais, à l'aide du Seigneur,
Que le mal, tout entier, a fini par s'enfuir. »
Il lui parla longtemps et versa bien des pleurs.
Isabelle en ce point voulut intervenir :
À Paris elle fit un accueil mérité
Et le prit dans ses bras avec cordialité.

Elle lui dit : « Paris, mon bon, mon très cher frère,
Combien donc de douleurs avons-nous dû souffrir,
Depuis l'heure où prit fin notre fuite naguère,
Dans le village où loin de nous tu dus partir ! »
Vienne alors le serra, ne sachant plus quoi faire :
De ses deux bras, elle voulait le retenir,
Sans être rassasiée, sans pouvoir se lasser,
De le presser, de le toucher, de l'embrasser.

Elle disait : « Ô Dieu, c'est un si grand plaisir,
Que l'on ne doit jamais tenter de l'arrêter.
La joie sans fin, sans fond, ne se peut contenir,
On ne peut estimer pareille volupté.
Je possède à présent tout ce que je désire.
Dieu a, en une fois, comblé ma volonté.
Que par nous le Saint Nom soit en tout temps béni,
Car c'est lui qui nous a de nouveau réunis. »

Elle dit : « Il s'en faut de peu que je ne meure… »,
Et voulait lui conter tous ses malheurs d'antan.
Paris l'interrompit : « Tais-toi, par le Seigneur,
Car nous nous dirons tout quand il en sera temps.
Mais il est important de réagir pour l'heure :
Ceux qui sont là-dehors attendent trop longtemps,
Or je dois te prier de me rendre un service. »
Vienne dit : « Je ferai tout ce qui t'est propice. »

« Je suis, dit-il, bien las de toute cette affaire,
Je me sens épuisé, peiné de part en part :
Toute la ville croit, et même mon cher père,
Que je suis quelque Turc ou bien quelque Tatar.
Je veux donc que nous deux, sans faire de manières,
Allions aussitôt voir ton père sans retard.
Mais abstiens-toi de dire un mot même discret,
Avant quelque clin d'œil, ou toussement secret. »

C'est ainsi que tous trois sortirent sans tarder,
D'un même mouvement, courant joyeusement,
Et tandis qu'ils entraient de ce pas décidé,
Les bons prêtres étaient figés d'étonnement.
L'un crut qu'on le trompait, c'était là son idée,
L'autre les regardait avec effarement.
Le moine se signait de centaines de croix,
Mais Paris déclara : « N'ayez pas tant d'effroi !

Vous êtes, par ma foi, de surprenants compères !
Vous avez sans succès usé mille discours,
Quant à moi, je n'ai fait que quelques gestes clairs,
Et je l'ai convaincue sans nul autre secours !
Mais vous allez pouvoir l'observer chez son père,
Venez donc maintenant avec moi à la cour. »
Et c'est ainsi qu'ensemble ils allèrent enfin
Bientôt se présenter chez le noble Dauphin.

Aussitôt que le roi vit sa fille venir,
Les larmes vers ses yeux se mirent à monter.
Or, Paris s'adressa au moine pour lui dire,
Qu'il priât poliment sa bonne majesté,
De vouloir de sa fille à nouveau requérir,
Qu'elle ne voulût plus ainsi le rejeter.
Le moine s'acquitta de cela promptement,
Le roi fit vers sa fille alors un mouvement,

Et dit : « Écoute-moi, ô ma fille très chère,
Entends bien mon discours, ô toi, ma douce Vienne !
Tu as déjà subi des souffrances sévères :
C'est que tu as péché, tu en conviens sans peine.
Nous sommes tous les deux quittes dans cette affaire,
Je ne veux l'évoquer ni que l'on s'en souvienne.
Écoute, sans tarder, je veux que tu le saches,
Vois l'homme ici présent qui porte des moustaches,

Regarde ce très bon, ce très noble seigneur,
Il a montré pour moi tant de fidélité,
Bien plus que si j'étais son propre géniteur,
Et plus que si ma femme avait dû l'allaiter.
C'est lui qui m'a sorti du cachot de malheur
Quand le trépas était tout près de m'emporter.
Il m'a fait revenir jusqu'ici dans mes terres,
Je veux récompenser une foi si sincère.

J'ai donc une faveur à demander de toi,
Et tu n'y dois montrer aucune résistance :
Accepte pour mari devant Dieu et la loi –
Il l'a tant mérité – cet homme d'excellence.
Dis-lui oui, je t'en prie vivement, par ma foi
Et s'il le faut, je m'agenouille en ta présence.
Sache qu'il obtiendra à l'heure de ma mort,
Mon trône, ma couronne, et mon royaume encore. »

Vienne lui répondit : « Ô mon père très cher,
C'est vrai que j'ai beaucoup fauté à votre égard.
Je comprends à présent le mal que j'ai pu faire,
Vous ne subirez plus de honte de ma part :
Je veux me conformer en tout à vos prières.
Que selon vos souhaits, tout soit fait sans retard,
Car, pour l'amour de vous, je prendrai ce mari,
J'ai honte maintenant de ne pas l'avoir pris.

C'est ainsi, à genoux, qu'enfin je me dévoue
Et vous prie d'excuser mon vil comportement
Ainsi que les péchés que j'ai faits contre vous :
Veuillez me pardonner tous mes égarements ! »
Le roi lui répondit : « Douce fille, j'avoue
Que tu m'as à présent comblé parfaitement.
Oui, que Dieu te pardonne et prolonge tes jours,
J'excuse quant à moi tes fautes pour toujours. »

De la conversation Paris put tout entendre,
Et de battre très fort son cœur n'avait cessé.
Il tomba à genoux sans pouvoir plus attendre
Car il savait sa vie en ce point menacée :
Il s'était mis au cou la corde pour le pendre,
Contre son propre cœur, l'épée pour le percer.
Il commença alors, parlant en italien :
« Seigneur, je ne veux plus me déguiser en rien,

Car il vous faut savoir quelle est l'identité,
De celui qui sera désormais votre gendre.
Même si je me suis, tout ce temps, présenté
Comme un Turc ou païen que l'on ne peut comprendre.
Je suis Paris, votre sujet, en vérité
Et je vais à présent clairement vous l'apprendre :
Fils du comte Jakom, j'ai malgré les douleurs
Porté Vienne en tout temps enfermée dans mon cœur.

Et tout ce que j'ai fait durant ma longue errance,
Je l'ai fait dans l'espoir de pouvoir l'obtenir.
Dieu sait si j'ai subi de nombreuses offenses,
Des jours durs et cruels, des nuits encore pires.
Mais j'espère à présent avoir ma récompense.
Si l'exige le droit, je suis prêt à mourir.
Je m'en remets à vous : si vous criez vengeance,
Faites-moi transpercer, mener à la potence. »

Quand le roi, le Dauphin, entendit ce discours,
Il resta comme un tronc figé totalement.
Et les gens qui alors se tenaient à l'entour,
Furent, tous à la fois, transis un long moment.
Le roi ne savait pas quoi lui dire en retour,
Il était stupéfait, frappé d'étonnement.
Enfin, il se leva, le seigneur débonnaire,
Et vint, de ses deux mains, lever Paris de terre.

Et de ses bras tendus, il entoura son corps,
En lui disant : « Est-ce bien toi, Paris, mon fils ?
Est-ce toi le héros si habile et si fort
Qui se montra ainsi fidèle à mon service ?
Que te soient maintenant pardonnés tous tes torts,
Depuis le premier jour, jusqu'à ce jour propice. »
Le Dauphin ajouta, versant des pleurs sincères :
« Mon gendre tu seras, je serai ton beau-père.

Cela, en vérité, me réjouit davantage,
Que ce soit toi, Paris, garçon plein d'excellence,
Car je sais maintenant que je donne en mariage
Ma fille à un seigneur qui vit dans ma croyance.
Je vois bien que c'est Dieu qui fit pareil ouvrage,
Que lui-même écrivit dans les cieux cette alliance.
Or, puisqu'en a ainsi décidé le Seigneur,
Je le veux aussi faire et le veux de bon cœur. »

Le roi ne voulait pas perdre encore un moment,
Avant de couronner les belles retrouvailles.
Il fit faire un anneau, en or entièrement,
Et graver « Mazel tov » en vue des épousailles.
Sans tresses, sans chansons, sans accompagnement,
Sans entendre un rabbin ou des femmes qui piaillent,
Sans harpes et sans luth, sans guitare andalouse,
Il donna à Paris sa Vienne pour épouse.

Aussitôt il manda ses hérauts pour qu'ils courent
Par ici et par là afin de raconter
La noce que sa fille avait faite à la cour,
Qui, quand, pourquoi, comment : toutes les nouveautés.
Et afin de fêter le bonheur de ce jour,
Gens d'ici et d'ailleurs étaient tous invités.
La cour serait ouverte un mois matin et soir,
Pour danser, pour jouer, pour manger et pour boire.

Et il ne fallut pas la moitié d'un quart d'heure,
Pour que la ville entière soit tout emplie de cris.
Sur les bouches de tous voyageait la rumeur
Qu'en compagnie du roi, était rentré Paris.
Chacun savait déjà quel était son bonheur,
Et que la main de Vienne avait été son prix.
La nouvelle arriva à son père, à sa mère,
Et à Odoardo, son si brave compère.

Ils vinrent en courant, ou plutôt ils volèrent,
Et arrivèrent tous près du jeune seigneur.
Ils le virent alors et leur pensée première
Fut qu'un si vif plaisir devait être trompeur.
Celui qui a toujours connu grande misère,
A bien du mal à croire en son propre bonheur.
Moustaches et habits étaient aussi coupables,
Car il était à peine ainsi reconnaissable.

Mais il fut reconnu à la fin par sa mère :
Elle jeta ses bras à son cou valeureux
Et le serra bien fort, comme elle aimait le faire.
Succédant au vieux père, au pauvre malheureux,
Odoardo baisa son front de cent manières
En laissant échapper des sanglots chaleureux.
Et ses yeux larmoyaient par excès de bonheur,
Tandis que l'émotion lui compressait le cœur.

Le père fit couler tous les pleurs de son corps.
« Ô mon fils, mon Paris, lui disait-il ainsi,
Je n'imaginais pas voir ton visage encore,
Dieu m'a fait maintenant trouver ta femme aussi !
Le Seigneur soit loué qui t'a mené au port,
Qui m'a laissé te voir et jouir de ce jour-ci !
Dès lors, je peux mourir : c'est égal à mon âge,
Puisque tu es vivant, que j'ai vu ton visage. »

Jamais dans cette cour, dans le palais suprême,
Ne s'était présentée une pareille presse :
Les comtes, les bourgeois, les chevaliers eux-mêmes,
Voulaient faire à Paris leur accueil dans la liesse.
C'étaient des « mazel tov ! », des « sholem alekhem ! »,
Qui fusaient en tous sens et qui n'avaient de cesse.
La façon dont ces gens ce jour-là se réjouirent,
Je ne saurais comment la dire ou la décrire.

Le livre assure aussi que le jeune Paris
Fit approcher Odoardo l'ami fidèle,
Et pour épouse et femme en ce point lui offrit
La dame respectée, l'excellente Isabelle.
Tout ce qu'avait son père, et qui avait grand prix,
Tous les présents de Dieu, tous les biens matériels,
Leur furent concédés en juste possession,
Et Dieu leur prodigua maintes bénédictions.

Je sens, en écrivant, si grande satiété,
Que j'ai presque oublié de dire le meilleur.
Il me reste une page ici à rajouter,
Sur la jeune mariée et l'élu de son cœur.
Après qu'elle eut Paris pour époux accepté,
Et qu'on eut bien mangé, le soir, en leur honneur,
On montra aux amants un endroit où dormir,
C'est en courant, non en marchant, qu'ils s'y rendirent !

Mon Dieu comme ce fut alors une gaieté,
La chambre leur parut la chose la plus chère !
Vienne n'eut pas besoin de garde à ses côtés,
La chance leur sourit puisqu'elle était cachère.
Tous deux vinrent soudain dans le lit se jeter,
Et, si je dois parler d'une façon sincère,
Ils firent là-dedans, de nombreux mouvements,
Sur la couche agitée, les deux nobles amants !

Cela dura ainsi, bien du temps, des années,
Leur passion n'en venait jamais à refroidir,
L'amour continuait à les éperonner,
Lorsque leurs vieux parents finirent par mourir.
Et tout ce qu'on avait promis de leur donner
Leur fut remis exactement sans se dédire.
Le royaume fut leur, ils en eurent jouissance,
Ils avaient mérité pareille récompense.

Je ne veux à présent pas tout vous retranscrire,
Ni dire tous les noms, ni toutes les affaires,
Ni avec quels honneurs s'exerça leur empire,
Ni le nombre d'enfants que tous deux engendrèrent.
Je les ai fait rentrer, cela devrait suffire,
Et j'ai conté comment les amants s'assemblèrent.
Je laisse ainsi ce livre et ne veux plus peiner
Car j'ai dit l'essentiel : on les a couronnés.

Une couronne en plus devrait honorer Vienne
Pour la fidélité qu'elle montra toujours.
Dieu la récompensa, sa foi ne fut pas vaine,
Car il emplit de joie le restant de ses jours.
Quelle femme, autrement, aurait pris cette peine ?
Quelle autre jeune fille eût montré tant d'amour,
Autant d'honnêteté envers son serviteur ?
Que dis-je, la moitié ? Une part inférieure ?

Quelle autre jeune femme ou quelle demoiselle,
Quelle pucelle enfin, ou jeune créature ?
Qu'une autre supportât une souffrance telle
Je ne peux dans l'esprit me le fourrer, pour sûr !
Dis-moi, qui oublierait une robe nouvelle ?
Et qui renoncerait aux bals et aux parures ?
Laquelle accepterait d'affronter mille peines,
Un an, un petit mois ou même une semaine ?

On trouve de nos jours des femmes différentes :
Chacune veut avoir un homme à son service,
Et tandis que chez elle il reste dans l'attente,
Elle voit chaque jour ses amies et complices.
Tant qu'il ne conçoit pas une passion brûlante,
Elle sait lui montrer d'adorables prémices,
Mais soudain elle inflige un attentat odieux
Au pauvre homme, en aimant un autre sous ses yeux.

Le premier étranger qui lui passe à l'entour,
Lui fait-il seulement une fois un sourire,
S'il a su revêtir un tabard de velours,
Un joli pantalon, une veste à ravir,
Même s'il s'agissait d'un idiot sans bravoure,
Incapable de rien, quoi qu'il dût accomplir,
Il lui plaira pourtant, lui paraîtra gracieux,
Et elle semblera l'élever jusqu'aux cieux.

Et s'il devait encore arriver un troisième,
Dont le cou est paré d'une vraie chaîne en or,
Je vous promets qu'elle le prend aussitôt même,
Et laisse le second pleurer son triste sort.
Elle dit au dernier qu'il est le seul qu'elle aime,
Je veux bien parier ma tête si j'ai tort.
Leur état est semblable à celui du feuillage,
Que le temps et les vents meuvent sur les branchages.

Je ne les dis pourtant pas toutes déloyales,
On m'assure : il en est d'honnêtes sans mentir.
Je laisse celles-ci hors du cas général
Si je ne les ai pas épargnées dans mon ire.
Mais je n'en trouve pas un grand nombre au total,
Où sont-elles passées ? Je ne saurais le dire.
C'est pourquoi je déclare : bienheureux le garçon
Qui de femme n'a pas mordu à l'hameçon !

Oui, qu'ils sont bienheureux, garçons et demoiselles,
Tant qu'on ne les a pas donnés en mariage !
Mais ils ne savent pas combien leur joie est belle,
Ni quelle bonne vie ils ont là en partage.
Et combien sont soumis à des regrets cruels,
Quand ils se sont liés avant d'en avoir l'âge !
Mais si je vous disais et pourquoi et comment,
Il me faudrait chanter dix jours continûment.

J'ai toujours, quant à moi, la même idée en tête :
On peut me prendre au mot, je la montre au grand jour.
On pourra, je le sais, me contredire : « Arrête,
Modère tes propos ou parle avec les sourds !
On voit bien que tu n'es qu'un garçon triste et bête,
Et que personne enfin n'est sensible à ta cour ! »
Croyez ce qu'il vous plaît, je ne veux pas m'en faire,
Béni soit le Seigneur, je suis célibataire !

Mais s'il faut à la fin me marier pourtant,
Je n'accepterai pas que ce soit avant l'heure,
Quoique j'espère bien qu'aura lieu entre-temps,
Un bouleversement qui nous viendra d'ailleurs.
Ce bouleversement, ce secours que j'attends,
Serait qu'un homme vînt, montant avec vigueur,
Un gros bouc au poil gris et aux longues oreilles,
Et qu'il souffle en venant la trompe qui effraye.

Puis qu'il nous fît ensemble entrer dans la cité,
Que Dieu a autrefois liée à notre sort,
Afin que soit donné un repos mérité,
À nos âmes enfin tout autant qu'à nos corps.
Et nous bavarderons là-bas à satiété,
Car nous raconterons de Dieu le réconfort,
Et ne parlerons plus de Paris ni de Vienne.
Que mes vœux soient comblés, au nom de Dieu, Amen!

IN VERONA,

Per Francesco dalle Donne. M D XCIIII.

# TABLE DES MATIÈRES

*Reproduction des trois premières pages du chant 4 de* Pariz un Vienè, *dans la version imprimée à Vérone en 1594 (elles correspondent aux pages 74 à 79 de la version en français).*
*Cette version en yiddish ancien est atypique. Tout d'abord parce que les vers sont distincts. D'ordinaire, ils se suivent, uniquement séparés par un point. Ensuite parce que le caractère utilisé est l'écriture dite « Rachi » réservée aux commentaires rabbiniques des textes sacrés.*

## פאריז און וויענה ‖ דז פירט טייל :

### גוט זייא מיין בוירר און מיין הירט · דש איך אך מאך דש טייל דש וירט :

אן יונג וראון גוט אז שוני דירן
אז פוילגילש ורום אז אידל מיידליך :
לושט מיך אוייער ליב שפט ניט ורליך
ווען איך דז רידט שוין גו ווייִדליך·
איך קאן אויך איגונד ניט הובירן
איך פלאפרש אזו הרוייש ניטיידליך·
אונ׳ זאגיט איך וואז אויך ניט וואורד גיפאלן
זו פרייא איך אויך אין בֿור מחילה אלן :

שווייגט ניירט שטיל אונ׳ האבט גידולד
ווען בֿיר נייטן האבן די ווייבר אך גיליטן ·
דש איך דרונבר ניט ורליר אוייר הולד
דש וויל איך אויך מיט הערצן ביטן ·
אליין אורדרו נעבש דיא שולד
ווען ביז גו זאגן איז ניט מיין זיטן ·
ווער איך שוין עבֿוש בויז טעט דרגילן
איך ריד אורדרו נוך ביי מיינר וילן :

אפֿילו ער דש דחינג מולש
הוט ניטש מיט הערצן זאגן קוינן
אז וואל אז איך הט ער איי׳ הולט
חנב׳ נוטש אונ׳ איר וואר ערליר גוינן ·

ער רידט אין דש ער שון וואלש
אז דיא מליצים אל ניט שוינן ·
דש ויא נורט העלפֿן איר קרינ לוים אונ׳ מוגן
זו רידן ויא שו וייא וואר אודר גילוגן :

אזו טעט אין אורדרו אך
דש ער מסיר יקומו וואלט דינן ·
איר גידענקט יוא וואל וויא ער בֿור שפרך
גידענקט אירש ניט זייט אויך ביוינן ·
ער שפרך איין וראוו דיא ווער איין נאך
דז אייטל בוביריייא פבֿליגט אויז גוריגן ·
אונ׳ קייגר ווער גו גלאבן נאך גו ניטרוייען
דרום וולט מן אויף איר וואַרט נוך וועבק ניט בוייאן :

אונ׳ דיזן רידן גינג ער נוך
ער שפרך פריז מיין ליבר ברודר :
נוך וראוון הולד ווייא דיר ניט נוך
ויא האבן שעלקייט איין נאבן בֿודר ·
ווען דוא וואורשט מאיינן גו זיגן הוך
זו מוישט ויא דיר לינן איין לודר ·
דש דיר לייב אונ׳ גוט מושט ווען בֿיר לורן
אונ׳ דש דוא ניט וואלשט גערן זיין גיבורן :

דוא

## פאריז און וויענה

ווער זיא דען ויל̄ט צו מורגנס ורדיא
אי זיא זיך אויף מוצן אונ׳ לעקן ·
איין דויר זליים אין דער געלן כרויא
איז זיך גינן אייכם אכפלעקן
איך מאג כיט דרויף לינן דיא מויא
אונ׳ אך מאג איך דיך כיט דרשרעקן ·
ווישט וואלט איך דיך מאכ̄ן ועקן מיט אנן
דס עז איז ויר מול מין או איך טוא זאגן :

כ̄נר וואר דער שטויק זיין ויל מין
איך קאן זיא אבר כיט אל כיהאלטן ·
דרוס גידענק אונ׳ וואוים אונ׳ ווין
דס ווען זיא דען כיניכן צו אלטן ·
דז האכן זיא דען כ̄אול דיא צין
דס פנים כ̄ול מיט רונצל ואלטן ·
זיא שטינקן מויכ̄נן אונ׳ זיא גרויכן געלן
אונ׳ האבן געשטאט או שוייכ̄ל אויז דער העלן :

דרום אן איר מונציים גלאב דוא כישט
איך זאג דירש כ̄ור אונ׳ איך דיך וואך ·
סרטיי כאך איר נאכד כאך ייד כאך קריסט
כאך ליכם כאך גוטם קונם קיינר דר נאך
גורט הופרם בויכירדיי אונ׳ היכטר ליסט ·
אויז וואלשיריי האבן זיא איין גאך ·
דער דו איז גוס דער איז דרלק אנטרינן
אונ׳ איין וויכדינר דער ווערט גיל̄אכן ריכן :

## דז פריט טויל :

קיין אנדר איר איין ורדאווא כיט הוט
או דס מיר מאכן זיין כ̄ק אין גיבורן ·
דאז וואורפ̄ן זיא אויכם כ̄ויר נאר דרום
אבר איר רעכ̄ט איז דו אך ורלורן ·
זיך אך איין רוז שמעקידיג אונ׳ רום
דיא וואקשט רוך כ̄ון איינם רוייכ̄ן דורן ·
אונ׳ כ̄ק איין שטינקידינן גראז קומן די לילגן
די כלומן הוט מן ליב אונט קרויט כ̄ר טילגן

דער ווארט ליש ער ויל אויז וויינס מונד
ער מעש עז געוין אודר כיט געק ·
איך ורלש כיט זאגן אלש צו דיזר שטונד
ווען איך סק דראן דער מיידליך עיק ·
איך כין יוא אך אין דעם ועלכן בונד
דיא ויא ליכן אונ׳ אל צייט כינעק ·
צו כ̄ור אויז אייכי דיא איך כיט וויל נענן
וויא ווש זיא אך מיין הולד כיט וויל דר קענן :

איך זאג אויך וואל ער הט כיט רעכ̄ט
דס ער רידט אזא הערב אונ׳ הערכר
איין דער כרון כ̄וינף ועקס ויכן עכ̄ט
ריא ועלכן שטרוף ער אונ׳ כ̄ר דערב ער ·
ער וויין דר גינן הונדרט לעכ̄ט
די דא זיין גישרויא אונ׳ ורום אונ׳ ערכר ·
איך זאך וואל לעכ̄ט אונ׳ ווילש כיט כיצויינן
ווען זאגיט איכ̄ט גיוויש זא מויכ̄ט איך לויינן

אודואדרו

דוא קענסטו איר ואלשקייט נאך ניט וואל
וויא זיא איין ארמן יונגן ביטרינן ·
זיא לאבן אין אן איין צווייא דרייא מאל
אונ׳ מיט דעם קוס פֿא זיין זיא זיך בינן ·
ערפען איס דען זיין הערץ אין איינר קול
אונ׳דש עז גלייך בֿויר איר וולט לינן ·
זו ליס זיא ווערן נאכן אונ׳נאר צו עשן
אי זי עז מיט איין לניבֿיל וואסר וואורד לעשן ·

וועסן דו שוין מיינסט איין ארמר שאן
הויפש גישטאלט צו זעהן בֿון יונקוראווה ·
דו ווילשט ער בייאקה אונ׳ שולימאן
קוועק זילבר שפייבט אין ער שאווה ·
ווערזיל אונ׳ עסיק ווילט ער אן
לימוני אייער פֿייור די פֿאווה ·
אלומא די רוקה שקאייול אונ׳ צוקארינה
עז קיינסט ניט נידענקן דער ור ולוצט
סינה :

קיין אנדרן לושט האבן זיא ניט
או דש זיא איין אונ׳ איין אוס טרייבן ·
ווען זיא איין האבן אן גשמיט
דא לושן זיא אין שטעקן בלייבן ·
איין אנדרן נעמן זיא אין דיא מיט
אונ׳ הן אין זיין זיא זיך אך רייבן ·
דען זיין זיא זיך בירוימן אונ׳ צו האף לאבן
או ווילאוויל איך אבר איין משוגע מאכן :

או ניס מאבֿן זיא נעל איר האר
מיט שוועביל אונ׳ אויל דש זיא דרויף דרוקן ·
דיא שטירן אונ׳ ברואן ווילטמאן צוואר
וויא זיא זיך מיט דען צווענגליך פֿפֿלוקן ·
יוען מ״ר זי האלסן שוין אונ׳ קלור
וא האבן זי אונו בֿיין טון יוקן ·
איר שונהייט אל גלייך איבן טונן
או ווייסר קלור שביא אן קייסר זונן :

מיר זיין אין הולט בֿור וואר אונ׳ מיר
קוינטן נינן אין יוא ניט זיין מילדר ·
אונ׳ זיא זיין ערגר או בוזי שיר
או וואולף אונ׳ בערן זיין זיא ווילדר
ווען מיר אין געבן נורט איין קוויר
זו דוילט אונו ועהן רעבֿטי בילדר :
וואל זיין זי בילדר אונ׳ דש איז ניט בֿור הולן
וועסן או די בילדר זיין זיא זיך ווערבן אונ׳מולן :

אך ואס איך דיר אונ׳ אל מיין ברוידר
דיא זיא האלטן גירא דיק הוך או טאבן ·
זעהן זיא וואו דא שטעקט אין דיא מוידר
אונ׳ די שוקלן הוך אנדרש האלב שפאכן :
אונ׳ דרייא דיר רויק איין נאבן נישלוידר
זיא וואורדן זיא לעבט ניט אוא אן גאבן
ווער זיא זעך שלוֿבֿן נין אוא ור שווינן
דער זעך לק דיר טייל דריי בֿנירס געט לינן :

ווער

## AUX ÉDITIONS DE L'ANTILOPE

1. Rachel Shalita,
*Comme deux sœurs*,
roman, traduit de l'hébreu par Gilles Rozier.

2. Yitskhok Rudashevski,
*Entre les murs du ghetto de Wilno 1941-1943*,
journal, traduit du yiddish par Batia Baum.

3. Sholem-Aleikhem,
*Guitel Pourishkevitsh et autres héros dépités*,
histoires, traduit du yiddish
par Nadia Déhan-Rotschild.

4. Igor Ostachowicz,
*La nuit des Juifs-vivants*,
roman, traduit du polonais
par Isabelle Jannès-Kalinowski.

5. Israël Joshua Singer,
*Et Wolf fils de Hersh devint Willy*,
roman, traduit du yiddish
par Monique Charbonnel-Grinhaus.

6. Eran Rolnik,
*Freud à Jérusalem - La psychanalyse face au sionisme*,
essai, traduit de l'anglais par Gilles Rozier.

7. Hanan Ayalti,
*Attendez-moi métro République*,
roman, traduit du yiddish
par Monique Charbonnel-Grinhaus.

8. Daniella Carmi,
*La famille Yassine et Lucy dans les cieux,*
roman, traduit de l'hébreu par Jean-Luc Allouche.

9. Yves Flank,
*Transport,*
roman.

10. Israël Joshua Singer,
*Printemps et autres saisons,*
nouvelles, traduit du yiddish
par Monique Charbonnel-Grinhaus.

11. Yonatan Berg,
*Donne-moi encore cinq minutes,*
roman, traduit de l'hébreu par Laurence Sendrowicz.

12. Jean-Pierre Gattégno,
*Les aventures de l'infortuné marrane Juan de Figueras,*
roman.

13. Sabyl Ghoussoub,
*Le nez juif,*
roman.

14. Joshua Halberstam,
*Une place à table,*
roman, traduit de l'anglais (États-Unis)
par Séverine Weiss.

15. Ludovic-Hermann Wanda,
*Prisons,*
roman.

16. Sholem-Aleikhem,
*Les mille et une nuits de Krushnik*,
récit tragi-comique, traduit du yiddish
par Nadia Déhan-Rotschild et Evelyne Grumberg.

17. Rachel Shalita,
*L'ours qui cache la forêt*,
roman, traduit de l'hébreu par Gilles Rozier.

18. Shaun Levin,
*Sept petites douceurs*,
roman, traduit de l'anglais par Étienne Gomez.

19. H. Leivick,
*Dans les bagnes du tsar*,
récit, traduit du yiddish par Rachel Ertel.

20. Gilles Rozier,
*Mikado d'enfance*,
roman.

21. Yonatan Sagiv,
*Secret de Polichinelle*,
roman, traduit de l'hébreu par Jean-Luc Allouche.

22. Agata Tuszyńska,
*Affaires personnelles*,
traduit du polonais par Isabelle Jannès-Kalinowski.

23. Sabyl Ghoussoub,
*Beyrouth entre parenthèses*,
roman.

24. Y. L. Peretz,
*Histoires des temps passés et à venir*,
traduit du yiddish par Batia Baum.

25. Yonatan Berg,
*Quitter Psagot*,
récit, traduit de l'hébreu par Laurence Sendrowicz.

26. Ludovic-Hermann Wanda,
*Balance ta haine*,
roman.

27. Irène Kaufer,
*Dibbouks*,
roman.

28. Serge Airoldi,
*Si maintenant j'oublie mon île*,
Vies et mort de Mike Brant,
roman.

29. Benny Mer,
*Smotshè, Biographie d'une rue juive de Varsovie*,
traduit de l'hébreu par Gilles Rozier.

30. Yonatan Sagiv,
*Le silence est d'or*,
roman, traduit de l'hébreu par Jean-Luc Allouche.

31. Sholem-Aleikhem,
*Motl fils du chantre*,
roman, traduit du yiddish
par Nadia Déhan-Rotschild et Evelyne Grumberg.

32. Joseph Voignac,
*Juive et républicaine, l'école Maïmonide*,
essai.

33. Paule Darmon,
*Robert De Niro, le Mossad et moi*,
roman.

34. Dominique Porté,
*Mécanique d'une dérive*,
récit.

35. Jacob Glatstein,
*Voyage à rebours*,
récit.

36. Henri Raczymow,
*L'arrière-saison des lucioles*,
récit.

37. Yudit Kiss,
*L'été où mon père est mort*,
roman.

38. Jean-Pierre Gattégno,
*L'étrange journée de Raoul Sévilla*,
roman.

Achevé d'imprimer en août 2023 par Corlet Imprimeur - 14110 Condé-en-Normandie
Dépôt légal : août 2023 - N° d'imprimeur : 23080051 - Imprimé en France